인생, 연기처럼

불가능을 뛰어넘는 인생이란 뮤지컬

인생, 연기처럼

이시헌 지음

뮤지컬은 내 마음을 뛰게 해 주었고 책은 꿈을 갖게 해 주었다

단순히 공연을 관람하는 것이 아니라 특별한 의미를 두었다.
뮤지컬은 내면의 세계를 여는 'Key'이다.

좋은땅

들어가는 글

〈지금 이 순간〉

이 노래를 모르는 사람은 거의 없을 텐데요. 뮤지컬 〈지킬 앤 하이드〉의 삽입곡이며, 미국의 작곡가 프랭크 와일드혼이 작곡. 한국판은 이수진 번안곡이며 뮤지컬 넘버 하면 이 곡이 가장 먼저 떠오르게 됩니다. 보통 갈라 콘서트에서 배우들은 〈This Is The Moment〉만 부르지만, 본공연에서는 〈Now There Is No Choice〉 넘버 뒤에 붙여 부르는데요. 배우들이 〈This Is The Moment〉 곡을 직역된 가사로 불렀다면, 이렇게 많은 사랑을 받지 못했을 것 같아요. 우리 정서에 맞게 번안 작업이 중요한 것 같고, 가사를 어떻게 쓰냐에 따라 받아들이는 마음이 달라집니다.

지금 이 순간
다른 건 모두 필요 없어
지금이 아니면 끝이리
나는 신과 함께하리라

과거를 뒤돌아볼 때마다

나 항상 기억하리라

매 순간 순간

이게 바로 그 순간이었음을

내 생에 가장 위대한 순간

《뮤지컬 〈지킬 앤 하이드〉 'This Is the Moment' 번역 가사 中》

음악은 사람의 마음을 움직이는 힘이 있습니다. 짧은 노래로 진실한 마음이 전달되기도 하는데요. 결혼식 축가를 부를 때 진심을 담아 부르게 되면 상대방도 그 감정을 느끼게 되죠. 〈지킬 앤 하이드〉 작품을 우연히 관람하게 되었는데, 무대 위에 오른 배우들을 보고 두 손이 저절로 모아졌습니다. 이것이 뮤지컬이구나 싶었죠. 뮤지컬은 공연예술 중 하나로, 음악과 연기, 무대 연출 등 조화를 이뤄야 합니다. 관객들은 등장인물과 함께 웃고 울기를 바랍니다. 좋은 작품에는 한 가지 공통점이 있는데요. 바로 형용할 수 없는 감정을 느끼게 된다는 점이에요. 우리가 경쟁 사회에 살고 있듯이 뮤지컬 세계를 자세히 들여다보면, 치열한 경쟁을 통해 무대에 오른다는 사실을 알게 됩니다. 뮤지컬은 단지 값비싼 문화생활인 줄 알았는데, 불가능을 뛰어넘은 주인공들의 인생에서 배울 부분이 있었습니다. 뮤지컬 속에서 얻은 정답이라 해야 할까요.

잔잔했던 저의 마음에 파동이 일어났습니다. 연기를 배운다는 생각으로 관람하게 되면 등장인물이 처한 상황이 이해가 되고 공감이 되었어요. 작품에 빠지게 되면, 설명하기 어려운 감정에 휩싸이게 됩니다. 단순히 감정이란 게 기쁘고, 슬프고, 즐거운 게 전부가 아니잖아요. 뮤지컬 작품을 통해 인간이 얼마나 나약한 존재라는 걸 깨닫게 되었어요. 누군가를 증오하기도 하고, 절망감에 빠져 살기도 하고, 본인을 싫어하고 미워하며 삶이 망가지는 과정이 그려지기도 합니다. 앞좌석에 앉게 되면 배우들의 얼굴이 잘 보입니다. 배우들이 감정 상태에 빠지게 되면 내면에서부터 몸이 반응하게 되는데, 미간을 찌푸리거나, 옅은 미소를 짓거나, 미세하게 손이 떨리는 걸 볼 수 있어요. 연기 지망생의 마음으로 무대를 바라보면, 생각이 많아지고 모든 장면을 눈에 담고 싶어집니다. 배우들이 연기하는 모습을 보거나 노래를 듣고 있으면 목 끝에 탄산을 머금은 듯한 느낌이 드는데요. 음악이 관객들에게 주는 힘이 굉장하다고 느껴지는 이유 중 하나이기도 합니다. 앞서 말한 것처럼 무대 위에서 공연하는 배우들을 바라보면, 말로 설명하기 힘든 감정을 느낄 때가 있었어요. 보이지 않지만 내 안에 무언가 꿈틀대는 게 느껴졌으며, 가장 위대한 이 순간을 기억하고 싶었답니다.

저는 배우가 아니라서 무대 경험은 거의 없었고, 사람들 앞에 나서는 걸 두려워했던 사람인데, 이상하게도 사람들 앞에서 뮤지컬 노래를 부르고 싶었어요. 사람들에게 저의 간절함을 보여 주고 싶은 마음 때문이었어요. 백 명이 보고 있는 가운데 〈지금 이 순간〉을 불렀습니다. 지금 생각해 보면 무슨 자신감이었는지 모르겠어요. 나만의 꿈 그리고 나만의 소원이 그날 이뤄진 것이었죠. 앞으로 오르게 될 무대에서 실수를 많이 하겠지만, 어떻게 보면 지금 이 무대를 즐기고 있는 것 같습니다. 제가 숨 쉬며 살아가는 이 무대를요.

저는 행복을 꿈꾸며 살아가고 있습니다. 아픔과 고난을 통하여 배울 수 있는 부분이 있습니다. 아픔이 없는 사람은 없을 텐데요. 슬픔은 또 다른 슬픔을 불러옵니다. 살아가다 보면 힘들고 지칠 때가 훨씬 더 많죠. 그렇다면 행복은 또 다른 행복을 불러올까요? 저는 행복을 찾고 있습니다. 도대체 행복이란 게 뭘 의미하는 것일까요. 저는 철학자도 아니면서 어디서 왔고, 무얼 위해 태어났을까 이런 생각을 자주하는 편이에요. 이 세상에 나처럼 외로운 존재는 혼자여도 괜찮은데, 세상을 왜 살아가는지 모르는 이들이 있을 텐데요. 누군가에게 도움이 되는 사람이 되고 싶습니다.

혼자가 된다는 건 두려울 수 있어요. 그리고 절망스러울 수 있죠. 나이가 들수록 혼자여도 외롭지 않아야 합니다. 저는 뮤지컬 작품을 통해 세상을 알아가고 있는데요. 뮤지컬을 관람 후 내면 깊숙이 닫혀 있던 문을 열 수 있었습니다. 배우들의 뜨거운 열정과 헌신을 바라보며 절실한 마음이 느껴지는 순간이었죠. 단순히 공연을 관람하는 것이 아니라 특별한 의미를 두었는데요. 뮤지컬은 내면의 세계를 여는 'Key'라고 말하고 싶어요. 우연히 본 뮤지컬 작품 때문에 꿈을 꾸게 되었습니다. 이 세상에서 제가 할 수 있는 일은 없다고 단정 짓고 살았는데 그건 큰 착각이었나 봅니다. 우선, 자신감을 잃지 않아야 해요.

자신감이 없는 사람들은 보통 자존감도 낮은 편이에요. 자존감이 낮으면 어려움을 겪을 때 우울감에 빠지게 되고, 삶의 이유를 잃게 됩니다. 자존감이 높으면 어려움에 부딪혀도 금방 이겨 낼 것입니다. 회복탄력성은 크고 작은 고난을 이겨 내고 다시 일어서는 마음의 근력인데, 자존감을 높일 필요가 있습니다.

누군가를 도와줄 능력이 아직 없지만, 제 등에 날개가 달리는 날이 오겠죠. 저는 아직 날개가 없는데요. 천사라는 뜻은 아닙니다. 더 높은 곳으로 날아오르기 위한 날개가 아직 없습니다. 이 세상에 저랑 비슷한 존재가 있을 것 같아요. 무엇을 해야 할지 막막한 사람들에게 저의 날개를 떼 주는 날을 머릿속으로 그려 봅니다. 인생 뮤지컬로 〈프랑켄슈타인〉이란 작품을 꼽습니다. 저는 아직 행복을 모르지만, 어느 새벽 저는 이런 꿈을 꾸며 잠들었어요. 행복을 찾는 슬픈 괴물이었지만, 행복을 찾게 된 괴물 작가.

"당신마저 외로운 괴물이 되지 않길 바랍니다."

차례

제3장 화려함이 주는 감동

제4장 다양한 퍼포먼스로 인생 연주하기

제5장 인생이란 무대에서 뮤지컬처럼

제1장

뮤지컬 속에서
나를 발견하다

1.
젊음과 결별, 새로운 세상을 여는 키

서른이 되면 나름 괜찮게 사는 줄 알았다. 안정적인 직장을 다니며, 화목한 가정을 꾸릴 줄 알았는데, 결과는 그렇지 못했다. 어렸을 때부터 "마흔까지 살다 죽을래"라는 말을 입에 달고 다녔다. 신기하게도 아버지는 어머니랑 연애할 때 이런 말을 자주 했다고 한다. 이제 마흔을 걱정하는 서른 중반이 되었다. 노력과 열정만으로 모든 것을 이뤄낼 수 있다면 얼마나 좋을까. 가슴에 손을 얹고 생각해 보니 노력을 남들만큼 하진 않았던 것 같다. 서른을 넘긴 시점부터 세상을 살아가는 방법을 바꿔야겠다는 생각이 들었다. 서른다섯이란 나이가 많으면 많고, 어리게 생각하면 어린 나이로 볼 수 있겠지만, 내겐 얼마 남지 않은 시간 같았다. 조금이라도 젊었을 때 세상을 바라보는 관점이 달려져야 했다. 세상을 바꿀 순 없어도 살아가는 이유는 바꿀 수 있다.

젊음은 새로운 것에 도전하고 세상을 알아가는 시기이며, 무한한 가능성이 있다. 그러나 무엇을 해야 할지 막막했었다. 어떻게 보면 나이만 먹은 듯하다. 삶의 경험마저 부족하다는 생각이 들었다. 누군가를 가르치는 강사가 돼야 하는 건 아니지만, 상대방과 대화를 나눌 때 생산적이지 못한 주제로 이야기를 나눴었다. 전문성을 갖추기 위해선 무엇부터 해야 할까? 지혜는 다양한 경험을 통해 얻을 수 있다. 인생을 성공과 실패로만 나눌 수는 없지만, 좀 더 나은 방향으로 걷고 싶었다. 내가 말하는 젊음과 이별은 노화가 진행되었다는 게 아니라, 노력하지 않았던 과거의 내 모습과 이별한다는 의미를 두었다.

어느 날 우연히 핸드폰으로 다양한 상품과 혜택을 보던 중 할인된 뮤지컬 작품이 눈에 들어왔다. 티켓 가격이 무려 십삼만 원이라 조금 부담스러웠다. 영화 예매를 할 때 천 원이라도 할인받기 위해 망설였던 사람이었는데, 뮤지컬 예매를 했으니 지금 생각해 봐도 내 삶에 있을 수 없는 일이었다. 어찌 됐든 공연을 애타게 기다렸다. 뮤지컬을 관람한다는 게 이렇게 설레고 떨리는 일인가. 만약, 돈만 버리고 오면 어떡하지? 이런 걱정과 뮤지컬 관람을 했던 적이 없었기에 불안한 마음도 들었던 것 같다.

십여 년 전, 영화 〈레미제라블〉 작품을 보았는데, '연기하다가 갑자기 왜 노래를 부르지?'라는 생각을 했었다. 이때만 해도 뮤지컬 장르가 조금 낯설게 느껴졌다. 드디어 생애 첫 뮤지컬 〈지킬 앤 하이드〉 작품을 관람하게 되었다. 연예인을 이렇게 가까운 거리에서 본 적이 없었다. 연기하는 배우를 보며 경이롭게 바라봤다. 내가 할 수 없는 영역에서 실수 없이 해낸다는 게 멋진 사람처럼 보였고, 무대 위에서 춤추는 장면, 노래를 부르며 연기하는 게 전혀 이상하지 않았다. 티브이에서 봤던 배우를 실제로 보니 신기하기도 했고, 연기뿐만 아니라 노래를 잘한다는 사실에 놀라기도 했다. 대극장 문을 열고 들어간 순간부터 모든 게 흥미롭고 새로운 세상처럼 느껴졌다.

이 뮤지컬을 관람하고 처음으로 알게 된 사실이 있었는데, 누구나 들어보면 아는 넘버 〈지금 이 순간〉을 들을 수 있었다. 이 노래를 들어보거나 실제로 불러보면 간절하고 절실한 마음이 느껴질 것이다. 계획을 세우고 실행에 옮길 때, 망설여지는 순간들이 있었다. 기존에 해 왔던 일이 아니라면 용기가 필요했던 것이었다. 더 나은 삶을 살기 위해선 달라져야겠다는 생각이 들었다. 서른 중반이 되어 보니 어떤 사람이 되고 싶었는지 조금은 알 것 같았다. 이전 삶은 간절히 바라고 원했던 순간이 언제였는지 기억나질 않았다. 과거를 되돌아보면 열심히 놀기만 했었다. 이제 와서 후회한들 어쩌겠는가. 결과가 어떻게 되든 앞으로 나아갈 수밖에 없었다.

어떤 일이든 실행하는 게 중요하다. 뮤지컬을 관람하지 않았더라면 간절한 마음을 뒤늦게 느꼈을지도 모른다. 어쩌면 '간절함'이 무엇인지 모른 채 그동안 살아왔던 것이었다. 뮤지컬을 관람하고 달라진 점이 있다면, 멋진 삶을 꿈꾸게 되었다. 앞으로 할 수 있는 일을 찾게 되었고, 이런 생각을 하는 것만으로도 감사한 일이었다. 나를 가두려는 무언가에 '답답함'이 느껴지는 순간 〈지금 이 순간〉 넘버를 들었다. 세상이 날 아무리 가릴지라도, 조금씩 성장하다 보면 증명하는 날이 오지 않을까? 이런 생각을 해 봤다. 간절히 바라고 무언가 이루어지길 기도했던 적이 있었다. 결국엔 어떤 일이든 행동으로 옮겨야 이루어지게 된다.

> 날 묶어왔던 사슬을 벗어 던진다
> 지금 내겐
> 확신만 있을 뿐
> 남은 건 이제 승리뿐
>
> 《뮤지컬 〈지킬 앤 하이드〉 '지금 이 순간' 가사 中》

목표를 설정하고 끝까지 해낸다는 게 쉬운 일은 아니다. 본인이 어떤 믿음을 갖고 어떻게 살아가는지가 중요하다. 뮤지컬 작품 속 인물들은 신념을 절대 굽히지 않았다. 주변 인물들의 만류에도 불구하고 한 걸음씩 앞으로 나아갔다. 결국, 주변 사람들이 감당하지 못하고 주인공 곁을 떠나기도 했다. 필자도 똥고집이 있는 편이라 누가 뭐라고 해도 나만의 길을 걷고 있다.

배역을 맡기 위해 오디션에 임하는 배우들을 머릿속으로 그려봤는데 마음이 뜨거워졌다. 배우들은 감동적인 순간을 만들어 냄으로써 나에게 새로운 차원을 열어 주었다. 자신의 꿈과 목표를 생각하며 무대를 바라본다면, 희망과 용기를 얻을 수 있다. 한 편의 뮤지컬을 관람한 후 내 삶은 조금씩 달라질 수 있었다. 철없던 삼십 대 청년과 결별 중이다. 삶이 쉽게 바뀌지 않는다는 걸 너무나 잘 안다. 그것을 잘 알기에 '마법 같은', '꿈만 같은' 일이 내게 일어났다는 표현을 자주 썼던 것 같다. 무엇이든 간절히 바라는 마음으로 실행할 때 성과를 내게 된다. 배우가 무대에 오르기 위해선 치열한 경쟁률을 뚫어야 하는데, 얼마나 간절한 마음으로 임했을까. 뮤지컬 작품을 관람하게 되면 간절함을 느낄 수 있다. 배우들의 뜨거운 열정과 헌신을 바라보며 절실한 마음이 느껴졌다. 조금이라도 멋진 삶을 살기 위해선 시도하고 도전해야 한다는 걸 깨달았다. 단순히 공연을 관람하는 것이 아니라 특별한 의미를 두었다. 뮤지컬은 내면의 세계를 여는 'Key'이다.

2.
뮤지컬 속에서 찾은 나만의 깨달음

뮤지컬은 연극보다 제작비가 많이 들어가기 때문에 티켓 가격이 점차 오르게 된다. 라이선스 뮤지컬로 재미를 본 국내 제작사들이 창작 뮤지컬 작품을 만들었다가 실패한 사례가 많았다. 라이선스 뮤지컬은 이미 해외에서 성공을 거둔 작품이기 때문에 인지도 측면에서 이점이 있다. 반면 창작 뮤지컬은 처음부터 만들어야 하므로 홍보뿐만 아니라 창의적인 이야기와 음악을 만들어 내는 게 중요하다.

라이선스 작품이더라도 개인 취향이 아닐 수 있다. 각자 살아온 삶이 다르기에 어쩔 수 없는 부분이다. 관점과 경험에 따라 작품을 평가하게 되는데, 낮은 평점이 배우들에게 어떤 의미인지 알고 있어 예매 사이트에 관람 후기는 남기지 않는다. 낮은 평점은 관람객들이 기대한 것보다 만족하지 못했음을 표현한 것이다. 제작사나 배우들은 관객들의 평가를 통해 어떤 부분이 부족하고 개선이 필요한지 파악할 수 있다. 제작사는 관람객의 만족도를 파악하기 위해 관람평을 볼 것이고, 선정적인 장면과 폭언으로 인해 불편함을 느낄 수 있는 부분은 대사를 수정하거나 그 장면을 다르게 표현하게 된다.

　이런 생각을 해 봤다. '아무리 좋은 작품이어도 별 다섯 개의 평점을 받을 수 없다.' 모든 관객을 만족시킬 수 없기 때문이다. 사람마다 취향이 다르듯 관람평도 제각기 달랐다. 라이선스 뮤지컬을 관람하였는데, 개인적인 취향과 맞지 않았다. 지루한 내러티브와 반복적인 불협화음 넘버는 몰입을 방해하는 요소로 작용했다. 작품에서 전달하려는 메시지를 알더라도, 다른 작품보다 이해하기 어려운 부분도 있었다.

내러티브(narrative) : 정해져 있는 시공간 안에서 인과 관계로 이어지는 허구 또는 실제 사건들의 연속

　보통 뮤지컬은 한 배역에 더블 캐스팅 또는 트리플 캐스팅이 되는데, 전 좌석이 매진되는 배우와 그렇지 않은 배우로 나뉘게 된다. 맡은 역할이 클수록 감내해야 할 것이 많아진다. 팀을 이끄는 리더로서 노력했지만, 결과가 나쁘다면 다른 배우들에게 미안한 감정도 들 것 같다. 본인이 소속된 그룹에서 능력을 인정받기 위해 노력했지만, 결과가 좋지 않다면 좌절감을 느끼게 된다. 결과가 좋지 않더라도 팀원들과 실패와 어려움을 함께 이겨 내며, 함께 성장하는 게 배우의 길이 아닐까 싶었다.

　팀원들이 모여 문제를 해결할 때 다양한 의견을 듣고 조율하는 게 쉽지 않았다. 회사에서 한 단계 직급만 올라가도 심적 부담이 컸었다. 팀원이 내 마음과 같지 않아 마찰도 빚었지만, 서로 의견을 존중하며

결정을 내릴 수 있었다. 그러나 한 직원은 독단으로 일을 진행하고 일이 제대로 되지 않으면, 핑계를 대면서 남 탓으로 돌렸다. 이런 상황을 몇 번 겪었더니 성취감을 잃어버렸다. 책상에 앉아 멍하게 앉아 있었다. 타인을 이해하는 게 어려운 일처럼 느껴졌고, 리더의 자질이 부족한 사람이란 생각이 들었다.

　뮤지컬 배우들의 삶의 무게가 어느 정도인지 모르겠으나 어떻게 살아가는지 궁금했다. 불특정 다수에게 인정받아야 한다는 건 주인공이 짊어져야 하는 무게였다. 누군가의 감정을 이해하고 공감하며, 누구나 겪게 되는 감정에서 영감을 얻는 편이었다. 공연일이 다가올수록 내 심장은 어찌나 두근거렸는지 모른다. 신성록 배우를 가까이 볼 수 있다는 것만으로도 신기한 일이었다. 사람 얼굴이 주먹만 하다는 게 어쩌면 가능한 일인가 보다. 관객석에 앉아 소리 없이 입 모양을 동그라미로 만들었다. 배우들의 연기와 가창력은 기대 이상이었다. 노래를 듣는 도중 이상하게도 가슴은 먹먹해졌다. 뮤지컬은 배우와 관객이 하나로 이어주는 매개체 역할을 한다. 예술가와 관객 간의 특별한 소통의 순간, 배우들의 감정이 느껴질 때가 있었다. 배우들의 연기를 보고 있으면, 마치 자신이 맡은 배역에 완전히 빠져든 사람처럼 보였다. 영화나 연극 등 다양한 형태의 예술에서 배우란 직업은 연기를 통해 감정을 표현하고 관객들은 새로운 감정을 느끼게 된다. 공연 시작부터 끝날 때까지 느꼈던 이 설렘을 다시 한번 느끼고 싶어 대극장을 계속 찾아가고 있다.

주목받지 못한 작품이 관객들의 입소문을 타 흥행에 성공하기도 하고 꾸준히 작품 활동을 하여 무명 배우에서 대스타가 되는 것처럼. 우리 삶에서 기회라는 건 언제 찾아올지 모른다는 것이 희망적이기도 하다. 평가는 누구나 할 수 있기에 모든 사람에게 좋은 평가를 받기란 어려운 일이다. 사람마다 기준이 다른 이유는 살아온 환경이 다르고, 문제를 해결하는 방법이 다르기 때문이다. 내가 생각한 주장을 펼쳤을 때 '상대방이 나랑 다르게 생각하면 어떡하지?'라고 미리 걱정한 날이 있었다. 연기자가 쓴 책을 읽게 되었는데, "일반인도 연기자처럼 연기할 수 있다"라는 문장이 와닿았다. 사랑했던 사람과 이별하거나 감당하기 힘든 일이 닥치더라도, 애써 웃음을 짓기도 하고 별일 없었던 것처럼 행동할 때가 있었을 것이다. 타인에게 약한 모습을 보이지 않기 위함일 수 있다. 어쩌면 우리도 배우가 아닐까. 세상에 옳은 말을 하여도, 사람의 마음을 움직이기란 쉽지 않다. 연기도 마찬가지일 것이다.

배우는 관객을 위한 마음으로 연기를 한다. 한 사람의 마음을 사로잡는 연기. 그것이 참된 연기라고 말하는 배우도 있었다. 연기는 누군가의 마음을 사로잡기 위해 하는 행위이기도 하다. 배우 지망생이 한 매체에서 인터뷰한 기사를 읽게 되었다. 기사를 처음부터 끝까지 읽으면서 이 배우는 앞으로 어떤 배우가 될지 궁금하기도 했고, 끝까지 포기하지 않는 배우가 되길 마음속으로 응원했다. 인터뷰 질문 중 "응원이 아닌 공격성 댓글도 있을 것이다"라는 질문도 있었다. 나는 '설마 그럴까?'라는 생각이 들었다. 그러나 대부분의 댓글이 성희롱 발언, 모욕감을 느낄 수 있는 단어, 상처가 될 수 있는 글뿐이었다. 긍정적인 생각을 하고 희망적인 사람에게도 나쁘게 평가하는 사람이 더 많다는 걸 알 수 있었다.

　뮤지컬을 관람한 사람들 대부분 연인, 가족, 친구이며 남자 혼자 온 사람을 찾아보기란 쉽지 않았다. 아무도 나에게 신경을 안 쓰는데, 평가받는 듯한 기분이 들었다. 어떤 일을 하든 결과에 대한 평가와 비판은 피할 수 없다. 나의 삶을 블로그에 남기고 있다. '나의 글을 응원해 주는 사람이 없으면 어떡하지?'라는 생각 때문에 블로그 시작을 망설였다. 블로그를 시작하면서 진심으로 응원해 주는 사람이 조금씩 늘어날수록 감사한 마음이 들었다. 실패한 작품이라도 그 과정을 통해 더 나은 작품을 만들어 나가는 계기가 될 수 있으며, 어떤 평가나 비판도 자신을 성장하는 기회로 삼을 수 있다. 예술적 열망과 자부심이 있다면 어떤 상황에서도 불가능을 가능으로 그려 낸다. 배우 지망생이 자신의 삶을 응원하고 꿈을 믿었던 것처럼 예술가의 마음가짐으로 세상을 살아가려 한다.

3.
뮤지컬이 선사하는 다양한 감정

밤하늘 빛나는 저 별처럼

위대한 하늘을 꿈꾸었네

날 삼키려 하는 운명에 맞서

내 심장이 뛰었는데

추악한 분노와 처절한 복수뿐

내게는 눈물만 남아

이제는 날 위해 울어줄 사람도 없어

세상 그 누가 알 수 있을까

나의 외로운 싸움을 고독한 진실을

발버둥 치려 했던 내 운명

《뮤지컬 〈프랑켄슈타인〉 '후회' 가사 中》

　내 곁에 있던 사람이 아무도 없다는 건 어떤 감정인지 너무나 잘 안다. 고등학교 친구가 세상을 떠났다는 소식을 전해 들었다. 그 친구는 웃음이 많았고 배려심이 깊은 아이였는데, 갑자기 찾아온 암 때문에 밤하늘에 빛나는 별이 되었다. 사람들 기억 속에 지워진다는 게 가장 슬픈 일이 아닐까. 꽃다운 나이 스무 살에 스스로 세상을 떠난 친구도 있었다. 그 친구의 가정사를 정확히 모르지만, 왠지 모를 동질감이 느껴졌다. 그래서인지 그 선택이 조금은 이해가 되기도 했다. 그때 기억을 다시 생각하다 보니 마음이 아파지는 게 느껴졌다. 아픔과 그리움은 사람을 기억할 때 느낄 수 있는 감정이며 오랫동안 마음속에 남게 된다.

좋아했던 사람과 연락이 끊겨 세상이 무너지는 것처럼 느껴졌던 적이 있었는데, 사랑하는 사람을 잃는다는 건 어떤 감정을 느끼게 될까. 어느 정도로 마음이 아플지 전혀 감이 오지 않았다. 배우들의 연기를 같은 공간에서 바라보는 건 정말 놀라운 경험이 될 수 있다. 내가 알지 못했던 감정을 느끼게 된다. 저 배우는 어떤 삶을 살아왔기에 저런 감정으로 연기를 할 수 있는 것일까. 배우들의 표정과 감정을 이해하려 노력하는 편이다. 그들은 조금이라도 진정성을 담기 위해 그 인물로 공연하는 내내 살아가는 것 같다.

뮤지컬 〈드라큘라〉 영상을 수십 번 돌려 봤다. 사랑했던 사람을 잊는다는 게 쉬운 일이 아닐 것이다. 빅토리아 시대가 끝나갈 무렵, 트란실바니아의 영주 드라큘라가 영국 토지 매입을 대신해 줄 변호사 조나단과 그의 약혼녀 미나를 자신의 성으로 초대하며 이야기가 이어진다. 그의 앞에 400년 전 비극적인 죽음을 맞이했던 아내 엘리자

뱃사가 환생한 모습으로 나타났다. 드라큘라는 조나단의 피를 마시고 젊음을 얻게 된다. 그리고 미나에게 영원한 삶을 주겠다며 제안을 한다. 미나는 드라큘라가 사람이 아니란 걸 알면서도 알 수 없는 운명 때문에 유혹을 뿌리치지 못한다.

누군가를 좋아하는 감정이 생겨도 최대한 억누르게 된다. 나 혼자만 아프고 끝나게 될까 봐. 잠시 스쳐 지나간 인연일지라도 누군가는 아플 수 있다. 세 번 정도 약속을 잡고 만난 사람이 있었다. 서로 호감을 느끼고 있다고 생각했었는데 아니었나 보다. 그 사람과 다음 약속을 정하고 헤어졌다. 그 이후에도 연락이 잘되다가 약속 당일 연락이 되지 않았다. 그 사람의 메시지를 기다리고 또 기다렸지만, 며칠째 감감무소식이다. 그 사람의 핸드폰 번호를 지우고 쓸쓸히 잠이 들었다. 왜 아무런 말도 없이 연락을 끊은 것일까. 며칠 동안 한숨만 내쉬었던 것 같다. 언제나 기다림은 내게 익숙한 일이었다.

배우로서 인지도가 없으면 제작사가 먼저 찾아와 캐스팅하는 경우는 드물다. 무명 배우는 주로 영화나 드라마에 단역배우로 캐스팅되는데, 소속사가 없으면 직접 프로필을 제작사에 보내야 한다. 그 배우가 가장 힘든 건 기다림일 것이다. 평범한 사람이 연기를 전공하고 연기자의 삶을 살아가는 건 쉬운 길이 아니다. 배우는 특별한 사람처럼 느껴졌다. 내가 죽었다 깨어나도 할 수 없는 영역이기 때문이다.

감사하게도 작가가 되고 나서 유튜브 출연 요청이 들어왔다. 그동안 나를 먼저 찾아 주는 사람이 없었는데, 내게 주어진 특별한 기회다 싶었다. 하지만 출연한 채널에 영상이 평생 남는다는 게 부담스럽게 느껴졌고, 앞으로 달리게 될 댓글도 신경 쓰일 수밖에 없었다. 그러나 언젠가는 뛰어넘어야 할 과정이었다. 누군가에게는 부족하게 보일지라도 처음이자 마지막 무대라는 생각이 들었다. 부끄러움이 많은 편이라 고민도 했지만, 이런 기회가 또 올 거란 보장이 없었기에 출연하기로 했다. 누군가의 기억 속에 남는다는 건 새로운 경험이 될 거라 믿었다. 경험을 통해 많은 것을 배우고 있다. 중요한 건 실패를 하더라도 조금 더 노력하고 배움의 기회로 생각하는 것이다. 그러나 준비를 제대로 하지 않았다. 카메라 앞이라 생각하고, 적어도 두세 시간 정도 연습했어야 했는데 그러지 않았다. 일단 부딪쳐 보는 게 장점이자 단점이었다. 유튜브 출연을 통해 부족한 점을 파악할 수 있었고, 결국엔 해낼 수 있는 사람이란 걸 알게 되었다. 앞으로 오를 무대에서 더 나은 모습을 보여 줄 수 있길.

유튜브 출연은 말주변도 없으면서 무슨 깡이었는지 모르겠다. 어떻게든 잘해 보려고 애를 쓰다 보면 지치기 마련이다. 약한 마음을 가질수록 거대한 파도가 날 삼키려 한다. 주인공은 어려운 상황이 닥쳐도 피하지 않고 헤쳐 나간다. 누구나 두려움에 대한 크기가 다를 뿐, 이런 감정을 느낄 것이다. 자기 자신 또는 세상에 말을 건네듯 독백 무대에서 느꼈던 감정은 오랫동안 남았다. 혼자만의 생각을 말로 표현함으로써 마음의 소리를 듣는 효과도 있었다.

뮤지컬에서 독백은 주인공의 내면을 들여다볼 수 있다. 주인공의 신념이 이해 안 되는 부분도 있었지만, 혼자만의 생각을 말로 표현함으로써 조금이나마 이해할 수 있었다. 무대 위에 오른 배우는 모든 관객이 바라보는 시선을 이겨 내야 한다. 이런 중압감을 이겨 낸다는 게 쉽지 않을 것이다. 주인공은 자기 자신에게 말하듯 노래를 부른다. 누군가를 그리워하기도 하고, 세상과 맞서기 위해 결심하는 캐릭터들을 보며 이런 생각이 들었다. '여기서 포기하게 되면 결국 아무것도 아닌 사람으로 남게 된다.' 뮤지컬을 한 편도 보지 않은 사람에게 아무리 생생하게 이야기해 줘도 직접 보는 것과 차원이 다를 것이다. 뮤지컬에 한 번 빠지게 되면 헤어 나오기가 쉽지 않다. 이것이 뮤지컬의 매력이 아닐까.

4.

뮤지컬로 표현하는 내 감정들

　가수는 노래를 통해 자신의 감정을 전달하고, 청중은 그 감정을 받아들인다. 가수가 부른 노래를 듣고 눈물을 흘리는 청중을 본 적이 있었다. 눈물을 흘리는 이들은 아마 그 노래를 듣고 어떤 추억이 떠올랐거나 그 가수의 감정이 느껴졌을 것이다. 음악의 힘을 몰랐던 시절은 가수가 부른 노래를 듣고 눈물을 흘리는 게 이해가 되지 않았다. 노래의 가사, 가수의 감정, 노래와 연결된 본인의 이야기 등 현장에서 직접 노래를 들어보니 음악을 통해 청중과 가수가 연결될 수 있다는 걸 알게 되었다.

　뮤지컬은 공연 예술 중 하나로, 음악과 연기, 무대 연출 등 조화를 이뤄야 한다. 관객은 등장인물과 함께 웃고 울기를 바란다. 좋은 작품에는 한 가지 공통점이 있다. 형용할 수 없는 감정을 느끼게 된다는 점이다. 등장인물이 처한 상황이 감정의 파동을 일으킨다. 감정 상태에 빠지게 되면 내면에서부터 몸이 반응하게 되는데, 미간을 찌푸리거나, 옅은 미소를 짓거나, 미세하게 손이 떨릴 수 있다. 배우들이 연기하는 모습을 보거나 노래를 듣고 있으면 목 끝에 탄산을 머금은 듯한 느낌이 든다. 음악이 관객들에게 주는 힘이 굉장하다고 느낀다. 보이지 않지만 내 안에서 무언가 꿈틀대는 게 느껴졌다. 음악은 사람의 마음을 움직이게 만드는 힘이 있다.

서비스 직업을 하다 보니 상대방에게 상처받는 일이 자주 생긴다. 문제를 해결하기 위해 노력했지만, 전화 너머로 짜증 섞인 목소리가 들려왔다. 여름철이 되면 에어컨 고장이 많이 발생하는데 점검을 받는 게 쉽지 않았다. 신속하게 처리할 방법이 없었다. 입주빈 대신 고객센터에 접수하더라도 한 달을 기다려야 했다. 고객센터 상담사 목소리를 들어보면, 그 사람의 감정 상태가 어떤지 알 것 같았다. "힘드시죠?"라고 말하면 바로 눈물을 쏟을 것 같은 목소리가 안쓰럽게 느껴졌다.

상대와 대화하다 보면 표정 속에서 그 사람의 감정을 느낄 수 있다. 때론 말보다 상대방의 표정에서 기분을 감지하기도 한다. 표정을 감추는 게 능숙하지 않아 포커페이스가 어렵다. 마음의 여유가 부족할수록 감정을 표출하는 빈도가 늘어난다. 사람들은 표정을 통해 자신의 감정을 드러내기도 하고, 표정을 감추려고 애를 써도 어딘가 부자연스럽게 행동하게 된다. 스트레스로 인해 표정을 잘 숨기지 못하거나 평상시와 다르게 행동이 과격해질 수 있다. 어떤 감정을 느끼든 밖으로 표출하는 것이 일반적인 행동일 것이다.

직장에서 감정 기복이 심한 사람과 근무했던 적이 있다. 같은 이야기를 반복적으로 하소연하는데 두 번까지는 들을 만했다. 그런데 그 이후에도 멈추지 않았다. 토씨 하나 틀리지 않고 하소연하는데 정말 미칠 지경이었다. 나도 모르게 내 손톱으로 입고 있던 바지를 긁고 있었다. 그 사람의 감정이 고스란히 스며드는 게 불편했다. 감정이란 것은 다른 사람에게 전달된다. 어떤 감정이더라도 상대방에게 드러내지 않는 법을 배워야 한다.

"진정한 연기자는 사적인 감정을 무대에 끌고 오지 않는다"라는 말이 있다. 직장에서 있었던 일을 하소연하면 안 되는 걸 알면서도 친구나 가족에게 말하게 된다. 슬픔과 기쁨, 사랑과 이별, 희망과 절망 등 주변 사람들에게 내가 느꼈던 감정을 공감받고 싶었다. 나는 T인가? 정작 나는 공감을 잘 못 해 주는 것 같다. 마음은 있고 생각은 많은데 감정 표현에 서툴다.

작품에서 언어 선택은 매우 중요하다. 등장인물의 감정과 심경을 효과적으로 관객에게 전달할 수 있기 때문이다. 감정을 절제하며 배우가 연기할 때 관객은 그의 표정이나 몸짓을 유심히 보게 된다. 뮤지컬을 좋아하는 사람이라면 그 배우의 미묘한 감정선까지 놓치지 않기 위해 같은 작품을 여러 번 보는 것이다. 등장인물이 분노를 억누르며 차분한 목소리로 대사를 이어가지만 불안한 눈동자와 손을 꽉 쥐는 모습을 보며 내적 갈등을 읽어 낼 수 있었다. 뮤지컬 작품에서 극단적인 장면에서 강렬한 반응을 일으키지만, 이런 감정은 건강하지 못한 생각에 빠지게 된다. 그런 감정은 공연장 안에 두고 오도록 하

자. 배우들의 미묘한 감정선이 날마다 다르기에 뮤지컬은 매력적이었다.

   감정을 표출하는 방법은 다양하다. 배우들처럼 연기로 분노를 표출하는 방법도 있겠지만, 일반인이라면 어떤 방법으로 내 감정을 표출하는 것이 좋을까. 가장 기본적인 방법은 가족이나 친구와 진솔한 대화를 나누며 감정을 표현하는 것이다. 감정을 글로 표현하게 되면서 복잡했던 심정이 정리되는 편이었다. 이 외에도 다양한 활동으로 내 감정을 읽어야 한다. 그림을 그린다거나 음악을 창작하는 활동을 통해 감정을 표현하는 방법이 있으며, 자신만의 작품을 통해 내면의 감정을 표현할 수 있다.

   뮤지컬 배우처럼 연기할 줄 모르지만, 연기하듯 노래를 부르는 것도 좋은 방법이었다. 노래를 통해 사람들에게 감동을 줄 수 있다면 얼마나 좋을까. 노래 실력이 부족하다는 게 아쉬울 뿐이다. 처음에는 어색하지만 모든 감정을 담아 뮤지컬 노래를 부르는 편이다. 사람들 앞에서 노래를 부른다고 해서 희열을 느껴본 적은 없다. 하지만 두려움과 불안감에 압도당하지 않으려 노력하고 있다. 여전히 "쪽팔린 게 죽기보다 싫다"라고 말하는데도 사람들 앞에서 노래를 부르는 이유는 민망하고 창피한 순간 느꼈던 감정을 글에 담기 위해서였다.

   마음에 있던 감정이 터져 나오게 되면, 인간의 민낯을 드러내며 본심이 나오게 된다. 자신을 지키려는 마음이 강할 때 자연스럽게 나오는 모습이다. 현재 어떤 감정을 느끼고 있는지 정확하게 파악 후 그 감정이 어떤 이유로 생겼는지 점검할 필요가 있다. 작가라는 직업을 정의하기엔 부족한 사람이지만, 불필요한 감정까지 담아 둬야 할 경우가 있다. 마음속에 묵혀 있던 감정을 끄집어내기 때문이다. 어쩌면 독자들에게 하소연하는 글을 쓰고 있는지도 모르겠지만, 다양한 경험을 통해 성장하고 있는 모습이 독자들 머릿속에 그려진다면 공감을 얻게 된다. 세상을 살아간다는 건 성숙해지는 과정이 아닐까. 성장하는 과정에서 어려움을 겪겠지만, 견디다 보면 내가 담을 수 있는 그릇이 점점 커질 것이다. 표현이 서툴러서 입이 떨어지지 않을 때가 있었다. 상대방의 마음이 신경 쓰이는데 표현하는 게 쉽지 않았다. 상대방이 내 마음을 알아주기를 바라는 것보다 내 마음을 드러내는 것이 중요하다.

5.
새로운 시선으로 바라본 세상의 비밀들

경주마에게 눈가리개를 씌우면 앞만 보고 달리게 된다. 종교, 정치, 가치관은 가족 또는 친구라도 그 사람이 믿는 것이 바뀔 거란 생각을 버려야 한다. 가족 모임이라고 생각했던 자리가 종교 모임으로 바뀌었다. 자주 만나지 못했던 친척들이 한자리에 모여 즐길 수 있는 여행이었다. 그러나 이 자리는 누굴 위한 자리일까. 종교도 없는 사람에게 왜 기도를 강요하는지 이해가 되지 않았다. 자신이 믿고 있는 것을 상대에게 강요한다면, 상대방이 느끼는 피곤함이 어느 정도인지 모를 것이다. 도망치듯 그곳을 빠져나왔다. 나는 단지 종교를 믿지 않을 뿐이고, 그것이 불편하다면 어쩔 수 없는 일이다. 한 편의 뮤지컬을 보더라도 관객들의 생각이 같을 수 없다. 관람 후기를 보더라도 내 생각과 정반대인 글도 있었고, 내가 살아온 경험을 SNS에 남기면 좋아해 주는 사람과 나쁘게 말하는 사람도 있었다. 나이가 많다고 해서 세상을 다 아는 것처럼 말하는 사람이 있는데, 그런 사람과 대화하다 보면 자기 객관화가 덜된 것 같았다.

대화를 통해 서로를 이해하고 알아가는 과정에서 가치관이나 생각이 다를 수 있다. 정치나 종교 이야기를 회사에서 듣는 건 정말 피곤한 일인 것 같다. 회사에 출근하면 정치 이야기를 매일 하는 직원이 있었다. 정치, 종교는 가족끼리도 하면 안 된다고 본다. 사람마다 가치관이나 생각이 다를 수밖에 없다고 생각하는데, 이것마저 부정하는 사람이었다. 사람과 대화하다 숨이 막히는 건 처음이었던 것 같다. 서로 다른 의견이 충돌하거나 어긋나는 것은 불가피한 일이지만, 타인의 감정을 받아들일 줄 알아야 세상을 바라보는 시야가 넓어지게 된다. 세상을 더 넓은 시야로 바라보게 되면, 긍정적인 부분도 보인다는 걸 상사에게 가르치는 것 같아 길게 이야기하는 걸 피했다. 이 사람의 행동이 납득되는 건 아니다. 이런 사람도 있다는 걸 알게 됐을 뿐이다. 때론 상대방과 합의점을 찾을 수 없다는 걸 알아야 한다. 개인 저서에 어린 시절 불운했던 가정사를 고백하기도 했지만, 이 부분이 나의 약점이었다. 가끔 부정적인 생각에 빠지는 이유였다. 그러나 세상에 불만이 있는 건 아니다. 대한민국에 태어난 게 너무나 감사한 일이기에.

인생 뮤지컬은 아니지만 〈웃는 남자〉 뮤지컬을 소개하려고 한다. 어린 시절 그윈플렌은 인신매매단 콤프라치코스에 의해 납치를 당하였고, 흉측하게 찢진 입을 갖게 되었다. 잡힐 위기에 처한 일당은 어린 소년 그윈플렌을 홀로 놔두고 배를 타고 도망가다 폭풍우를 만나 난파되고 만다. 홀로 남게 된 소년은 눈보라 속에서 헤매고 다니다 죽은 여인 품에 안겨 있던 갓난아기를 발견했다. 우연히 떠돌이 약장수 우르수스를 만나 도움을 청하였고 한 가족이 되는 내용으로 시작된다. 이 뮤지컬은 한 번 관람했지만, 넘버를 수백 번 들은 것 같다.

"저 밑바닥에서 왔습니다. 누가 이 얼굴을 이렇게 만들었냐고요? 바로 당신들과 같은 한 귀족의 짓입니다. 헌데 날 살게 해 주고 보살펴 준 게 누군지 아십니까? 바로 가난한 자였습니다. …(중략)… 저는 최고로 높은 귀족이 됐죠. 이 흉터는 사라지지 않지만, 다 그렇지 완벽할 순 없어요. 사람이란 여러분조차도, 그 눈을 떠 지금이야 가진 것을 나눠 봐, 자비를 베풀어 줘, 더 늦으면 안 돼. 그 눈을 떠, 맘을 열어 모두가 사람답게 살 수 있을 때까지 제발 눈을 떠 봐. 눈 속에서 길을 잃고 뼛속까지 얼어붙어 굶어 죽길 기다려 본 적 있는가, 빵 한 조각 석탄 조각 구걸하며 우는 기분 모를 거야, 그 눈을 뜨기 전엔."

《뮤지컬〈웃는 남자〉'그 눈을 떠'가사 中》

평소에 독서를 안 했던 사람이 독서에 빠지게 된 이유는 세상을 보는 눈이 달라졌기 때문이다. 밑바닥 인생에서 단계별로 올라가 성공한 사람들이 쓴 글을 읽고 가슴이 뭉클해졌다. 그들에게 배울 수 있는 부분이 있었다. 그들은 아직 세상에 비추어지지 않은 영역을 먼저 찾은 것이었다. 그리고 남들보다 조금씩 앞서나갔다. 그렇게 부를 얻게 되는 것이었다. 나는 아직 밑바닥에서 한 계단씩 올라가고 있다. 최근 많은 변화가 일어났다. 뮤지컬을 관람하고 책을 읽는 습관을 기르다 보니 어느 순간 세상을 다르게 바라보게 되었다.

어떤 경험이든 중요하다. 뮤지컬 작품을 보며 동기부여를 얻기도 했다. 티켓 가격이 고가임에도 새로운 세상을 바라보기 위해 대극장으로 향하곤 했다. 두 손을 모은 채 배우들을 바라볼 때 삶의 행복을 느끼는 편이다. 나도 저들처럼 멋지게 살고 싶었다. 미친 듯이 무언가 해 보고 싶은 충동이 들었다. 여러 가지 감정을 느끼고 싶어 재작년부터 뮤지컬에 빠지게 되었다. 조명은 무대 위의 사물과 예술가를 빛나도록 만든다. 관객들의 시선을 한곳으로 끌어당기기도 하고, 무대 장치들과 조화를 이룰 때 가장 빛이 난다. 적절한 조명이 비추지 않는다면 배우들의 매혹적인 눈빛과 애절한 연기를 놓칠 수밖에 없다. 우리 삶은 한 편의 드라마이며 스포트라이트를 받을 때 잠시나마 주인공이 되기도 한다. 사람은 완벽할 수 없지만 아픔을 이겨 내고 성장할 때 내 인생의 주인공은 내가 된다.

내가 가진 감정을 말로 전달하는 것보다 글로 쓰는 것이 쉽다. 그러나 평소에 글을 쓰지 않는 사람은 어려울 것이다. 사람의 감정은 은은하게 주변 인물들에게 스며든다. 가까울수록 그 감정이 전해진다. 또한, 처음 보는 사람에게도 그 감정이 전달될 수 있다. 예를 들어, 상대방이 인상을 구기고 있으면, 불편한 감정을 느끼게 되고, 상대방이 밝은 표정을 짓고 있으면 행복한 감정을 느끼게 된다. 공연 무대에서 배우들은 본인이 느낀 감정을 객석에 퍼트린다. 어떻게 보면 배우의 감정을 온전히 느낀 적도 있기에 뮤지컬 작품을 다양한 시각으로 바라보고 느낀 부분을 적고 있다.

자기 객관화가 됐을 때 미처 발견하지 못했던 것들이 보이게 된다. '어떻게 해야 세상을 좀 더 처절하게 살아갈 수 있을까?'라는 생각으로 집필하다 보니 어두운 부분도 있다. 삶에 있어 힘든 시기는 한 번쯤은 있었을 것이다. 홀로 툭툭 털며 이겨 내는 사람도 있고, 누군가의 도움을 받아 극복하는 사람도 있다. "힘들어도 웃는 자가 일류"라고 말한다. 지금까지 내 인생은 보잘것없었지만, 단지 취미로 뮤지컬을 보게 되면서 조금씩 달라질 수 있었다. 사람이 가장 먼저 바뀌는 부분은 표정이다. 독자들이 나를 보았을 때 표정이 굳어 있다는 것을 느낄 것이다. 실제로 많이 듣는 말이기도 하다. 아직 웃을 때가 아니라며 구석으로 나 자신을 몰아넣는 경향이 있지만, 언젠가는 웃는 남자가 되려 한다.

6.
아픔과 고난을 통하여 배웠던 것들

여덟 살 무렵, 어머니가 집을 떠난다는 것을 알면서도 로봇을 사기 위해 용돈을 달라고 한 철부지였다. 짐가방을 들고 집을 나서기 전 내게 준 만 원짜리 다섯 장과 아파트 후문으로 나가는 어머니의 뒷모습이 아직도 기억 속에 남아 있다. 시골 할머니 그리고 고모 집을 오가며 여름 방학을 보냈다. 어쩌면 나란 존재가 없었다면 두 사람은 더 빨리 갈라졌을 것이다. 한 달이 지나서야 어머니는 우리를 보러 왔지만, 어째서인지 발걸음이 떼어지지 않았다. 왜 이런 기억을 안고 살아야 하는 걸까.

마음속 상처가 아직 아물지 않아서였나, 나는 단지 어머니에게 '미안하다'라는 말을 듣고 싶었다. 상처는 쉽게 치유되지 않았다. 평생 간직할 아픔이었고, 이 세상에 태어난 이유를 알지 못했다. 왜 어머니는 나에게 미안하다는 말 한마디를 하지 않는 것일까. 어느 날 이모와 함께하는 식사 자리에서 내가 그토록 듣고 싶었던 그 한마디를 들을 수 있었다. 부모가 이혼하더라도 자녀와 부모의 혈연관계가 끊어지지 않는다. 가족관계 증명서상에는 이혼한 배우자는 삭제되더라도 자녀와 관계 및 상속 관계는 그대로 유지된다. 가족관계 증명서를 발급하면 그 자리에서 찢어 버리고 싶었다. 그 사람의 이름을 내 머릿속에서 지우고 싶어도 지울 수 없었다. 이제 신을 믿지 않는다. 나에게 행복을 주지 않았기 때문이다.

뮤지컬 〈프랑켄슈타인〉은 인생 뮤지컬이며, 〈난 괴물〉이란 넘버는 내가 살아온 인생과 흡사해서 감정이입이 잘되었다. "신은 왜 나를 창조했을까?" 괴물이란 캐릭터에 동질감을 느낄 수 있었다. 난 단지 호기심에 태어났을까? 무엇을 위해 태어났는지 궁금했다. 잠시 한 마을에 살던 괴물 이야기를 들려드리려 한다.

"한마을에 성격이 괴팍한 괴물이 살았습니다. 어느 날 한 여인을 보고 사랑에 빠졌지만, 앞에 나설 수 없었어요. 사회에 적응을 못 하는 성격 때문에 사람이 살지 않는 한적한 시골 마을에서 그동안 살았던 거예요. 괴물에게 사랑이란 감정은 처음 느껴봤기에 마음이 아팠어요. 괴물은 조언을 얻기 위해 마녀를 찾아갔고, 마녀는 이런 상황을 듣더니 좋은 생각이 떠올랐죠. 성격을 뒤바꾸는 가면을 괴물에게 주었는데, 그 가면을 착용하면 성격이 온화해질 수 있었어요. 그녀는 키가 작아서 키가 크고 자상한 사람이 자신을 사랑해 주길 바라왔는데, 운명처럼 가면을 쓴 괴물이 앞에 나타났죠. 괴물은 가면의 힘을 사용하여 결혼까지 할 수 있었습니다. 하지만 평소에 자상한 얼굴을 한 사람이었지만, 럼주만 마시면 괴물로 다시 변했답니다. 본성이 드러난 것이었죠. 그 여인은 처음으로 괴물의 진짜 얼굴을 마주하게 됩니다. 다음 날이 되면 또다시 자상한 얼굴을 한 남편이었죠."

"나는 괴물의 피가 흐른다." 마지막 장을 미리 구상하고 글을 썼다. 어린 시절 이야기를 쓰지 않았다면 아픔을 숨길 수 있었을 것이다. 그렇지만 '난 괴물의 피가 흐른다'라는 이야기를 뒷받침하기 위해 이런 내용까지 쓰게 되었다. 그리고 또 한 가지 이유가 있었다. 어머니도 글을 쓰기 위해 글쓰기 클래스 수업을 듣고 있지만, 가출했던 이야기를 쓰고 싶지 않아 목차만 적어 놓고 글을 쓰고 있지 않다. 벌써 1년이 넘도록 집필하고 있지 않아 먼저 세상 밖에 끄집어낸 것이다.

글을 쓰게 되면 삶은 조금씩 달라진다. 글을 쓰게 되면서 나 자신을 위로하는 방법을 찾은 듯하다. 때론 아팠던 기억을 다시 떠올려야 하지만, 쓰지 않는다고 해서 상처가 사라지는 건 아니다. 삶의 변화 속에서도 좌절과 아픔은 되풀이된다. 지금도 상실감에서 벗어나지 못했다. 그렇다고 포기하기엔 아직 이른 것 같았다.

〈프랑켄슈타인〉은 메리 셸리의 고전 소설을 원작으로 한 창작 뮤지컬이다. 줄거리를 간략하게 요약해 보면, 1815년 유럽은 나폴레옹 전쟁의 포화에 휩싸여 있었다. 모든 생명은 소중하다는 신념을 가진 앙리 뒤프레는 적군까지 치료해 준 일로 간첩죄로 즉결 처분당할 위기에 처하게 되었다. 죽음을 맞이하려던 순간, 빅터 프랑켄슈타인이 등장해 더 높은 계급으로 처형을 막았다. 그 인연으로 책임자로 있는 무기연구소로 앙리를 데리고 갔다. 전쟁이 끝난 후 빅터가 장의사를 살인하는 일이 생기게 되었는데, 앙리가 친구 빅터 대신 단두대에 올라가 처형을 당하게 되었다. 그 목을 가지고 실험을 통해 인간의 모습이지만 괴물을 창조하게 된 내용이다. 그러나 창조주가 자신을 버렸다는 이유로 괴물은 창조주 빅터를 향해 고통을 돌려주기 위해 주변 사람들을 해치고 다닌다.

괴물 작가 메리 셸리의 〈프랑켄슈타인〉은 지금도 사랑받는 소설 중 하나이다. 그녀가 집필한 나이는 불과 18세. 괴물 작가 수식어가 잘 어울린다. 작가 김영하는 이렇게 말했다. "인간의 마음속에는 항상 어둠이 존재한다고 생각했다. 현대에 올수록 마음을 드러내는 걸 두려워한다. 프랑켄슈타인을 '도대체 세상에 나를 왜 내보냈냐'고 울부짖을 때, '나만 이런 게 아니구나'라고 위안을 받을 수도 있을 것이다."

슬픔은 또 다른 슬픔을 불러온다. 행복은 또 다른 행복을 불러올까? 이 세상에 나란 존재가 혼자여도 괜찮은데, 또 다른 존재들이 있을 것이다. 저 멀리 보이는 사람이 나를 보며 미소 짓고 있다. 천천히 뛰고 있던 심장은 요동쳤고, 그 순간 고장이 난듯하다. 하지만 저 미소는 내 것이 아니었다. 나를 향한 미소였다면, 나의 마음에 행복이란 감정이 스며들었을지도 모른다. 도대체 행복이란 게 뭘 의미하는 걸까?

마음에 안식을 찾기 위해 글을 쓰는 사람도 있을 텐데, 필자는 행복을 찾기 위해 글을 쓰고 있는 작가이다.

> 어젯밤 처음 난 꿈을 꾸었네
> 누군가 날 안아주는 꿈
> 포근한 가슴에 얼굴을 묻고 웃었네
> 나 그 꿈속에 살 순 없었나
>
> 《뮤지컬 〈프랑켄슈타인〉 '난 괴물' 中》

오늘보다 내일은 더 아플지도 모른다. 이렇게 아프다 보면 눈물마저 나오지 않을 것 같다. 이런 생각에 갇힌 존재가 단 하나이길 바란다. 글을 쓰게 되면 일시적으로 행복한 감정이 들 수 있겠지만, 외로움을 털어내는 게 쉽지 않다. 오늘도 행복을 찾아 떠났다. 단지 취미로 글을 쓰는 게 아니다. 책과 노트북이 있기에 오늘도 다시 태어났다. 나의 행복은 도대체 어디에 있는 것일까. 행복은 내가 찾아야 하는 최종 목표인가 보다. 아직 행복을 모르지만, 언제가 얼어붙었던 심장이 녹을지도 모른다. 어느 새벽 이런 꿈을 꾸며 잠들었다. 난 행복을 찾는 슬픈 괴물이었지만, 행복을 찾은 괴물 작가. "당신마저 외로운 괴물이 되지 않았으면 한다."

7.

뮤지컬 속에서 빛나는 인생의 크레센도

연극이나, 오페라, 음악회 등 모든 공연이 끝나고 막이 내리면, 관객들의 열렬한 환호성과 박수갈채가 쏟아진다. 공연이 끝난 후 백스테이지에 있던 모든 배우가 다시 무대 위로 올라온다. 출연진들은 노래를 부르기도 하고 감사하다는 말을 관객들에게 전하기도 한다. 무대를 찾아 준 관객들에게 감사 인사를 전하는 것을 '커튼콜'이라고 부른다. 어떤 자리에서든 마지막 인사가 중요하다고 생각하는데, 그 사람이 어떤 모습으로 무대에서 내려오냐에 따라 마지막 모습이 잔상으로 남게 된다.

오스트리아의 식물학자이자 음악연구가로 알려진 루트비히 폰 쾨헬은 모차르트의 작품을 연대순으로 정리했다. 쾨헬은 자신의 이니셜 K를 붙였고, 사람들은 이를 '쾨헬 번호'라고 부르게 되었다. 모차르트 인물을 그저 천재 음악가로만 알고 있었는데, 주변 인물을 알게 되니 어떤 삶을 살았을지 짐작이 되었다. 그는 여덟 살 때 교향곡 1번을 작곡했으니 주위 사람들의 부러움을 한 몸에 받았을 것이다. 이탈리아의 작곡가이자 지휘자 안토니오 살리에리는 젊은 천재 모차르트를 정말 싫어했을까? 모차르트의 이른 죽음과 관련해 살리에리의 루머를 믿는 사람이 있다. 나 역시 영화를 보고 믿었던 것 같다. 그렇게 믿는 사람들은 영화 〈아마데우스〉를 관람했거나 창작물을 봐서 그런 생각이 들었을 것이다. 살리에리의 질투심이 영화 속에서 적나라하게 드러난다. 하지만 모차르트는 인성이 좋지 않은 것으로 알려져 있다. 살리에리를 비롯해 다른 작곡가들도 그를 좋아하는 사람이 거의 없었으며, 모차르트는 살리에리를 질투하며 원색적인 비난을 했다고 한다. 살리에리가 모차르트를 암살했다는 소문은 당시에도 떠돌았다고 하니 사람은 믿고 싶은 것만 믿는 것 같다.

모차르트라는 인물에 대해 알고자 했던 적이 없었는데, 뮤지컬을 관람하고 마지막 모습이 머릿속으로 그려졌다. '사람은 어디서 와서 어디로 가는 것일까?' 마지막을 어떻게 떠날 것인지 고민을 많이 하는 편이다. 무언가 이루고 싶은 생각도 많고, 사회에 환원하는 사람이 되려다 보니 너무 큰 목표를 둔 것 같아 불안한 마음도 크다. 모차르트의 무덤은 오늘날 남아 있지 않다. 여러 구의 시신을 함께 매장하는 것은 당시 오스트리아 제국에서 전염병이 유행할 때 흔히 행해지던 관습이었다. 그의 무덤이 있었다면 많은 관광객이 매일 몰려왔을 것이다. 아이러니하게도 예술가는 세상을 떠나야 작품의 가치는 오르게 되고, 그 인물을 그리워하는 것 같다.

모차르트의 음악은 생명을 깎아먹으며 완성되고 있었다. 음악을 만들수록 죽음에 가까워지는 숙명이었던 것이었다. 마지막 미완성 작품 〈레퀴엠〉 곡을 쓰면서 "이 작품은 나를 위해 쓰는 거야"라고 말하기도 했다. '레퀴엠'은 라틴어로 죽은 사람의 영혼을 위로하기 위한 미사 음악이다. 실제 모차르트는 뮤지컬 내용과는 달리 천재적인 재능에 긍정적으로 생각했다고 한다. 모차르트처럼 천재적인 재능이 없기에 노력하는 삶을 살아야 했다. 그동안 즐거움을 찾는 게 내 삶의 최우선이었는데, "내 인생은 왜 이럴까?"라는 말을 자주 했었다. 내 운명을 피할 수 있다면 난 대체 무엇을 해야 할까.

신은 아마도 천재 작곡가 볼프강에게 음악적 재능을 들이부었나 보다. 하지만 35년이라는 짧은 생을 살면서 경제적으로 어려움을 겪다 세상을 떠났다. 아버지 레오폴트는 아들의 음악적인 재능을 발견하자, 모차르트는 어린 시절부터 연주 여행을 떠나게 된다. 아직 어린 소년이었던 모차르트는 누적된 피로를 견디지 못해 가끔 심한 병을 앓았다. 연주 여행을 통해 후원자들을 모았지만, 시간이 흐르고 성장한 볼프강은 별다른 주목을 받지 못한 채 아버지와 함께 선제후인 콜로레도 주교에게 고용되어 잘츠부르크에서 머무르게 된다. 그러나 이곳 생활이 마음에 들지 않았고, 자신의 천재성이 자신에게 자유를 가져다줄 것이라고 확신하고 이곳을 떠나게 된다. 음악밖에 모르는 그의 여정은 순탄치 않았으며, 쓸쓸한 죽음으로 막을 내렸다.

극 중에 나오는 인물을 어떻게 각색하냐에 따라 관객들의 평가는 달라진다. 영화 〈아마데우스〉를 보더라도 아내인 콘스탄체를 경박하고 사치스러운 여자로 묘사했다. 실제 기록을 보면 모차르트가 세상을 떠난 6년 뒤 덴마크 외교관과 재혼을 하지만 모차르트의 생애를 전기로 정리하고, 두 아들을 훌륭하게 키웠다. 지금까지도 아내였던 콘스탄체의 평가가 좋지 않은 이유는 남편이었던 모차르트의 무덤이 어디에 있는지 정확히 몰랐기 때문일 것이다. 정확한 사실이 있더라도 사람마다 생각과 평가는 다른 듯하다. 뮤지컬 첫 장면은 모차르트 무덤을 찾기 위해 고용주와 함께 찾는 장면이 이해가 되지 않았는데, 그 당시 역사를 배우게 되니 이해가 되었다.

유럽 문화의 부흥을 이끈 르네상스시대. 크레셴도(crescendo)는 음악 용어로서 '점점 세게'를 나타내는 기호이며 여리게(p)와 세게(f)를 기본으로 사용하다 좀 더 세분화하여 쓰이게 되었다. 셈여림표는 크게 p, m, f의 세 가지 글자로 표시하며, 이는 각각 이탈리아어로 piano(조용한), mezzo(중간의), forte(소리가 큰)를 뜻한다. 악보에 적힌 셈여림 기호를 보고 음의 셈과 여림의 정도, 즉 음정이나 음량의 크기를 알 수 있다. 음악인이라면 셈여림과 쉼표, 리듬, 속도 등을 통해 작곡가의 감정을 읽을 것이다. 작곡가들은 삶을 악보에 표기한다.

노래를 부를 때 강약을 조절하는 것은 매우 중요한 기술이며, 처음부터 높은 음량으로 부르게 되면 뒤로 갈수록 호흡이 힘들어지고 감정 전달이 어려울 수 있다. 음표를 하나씩 쌓아가는 것처럼 세게(f),

세계(f), 세계(f) 인생이란 무대에서 강약을 조절할 줄 알아야 한다. 〈레퀴엠〉 작품은 모차르트가 남긴 유일한 미완성 작품이며, 그의 제자인 쥐스마이어가 곡을 완성했다. 우리의 삶도 마찬가지로 미완성된 부분이 많을 것이다. 미완성은 열려있는 결말을 하나씩 채워나갈 수 있다. 인생은 마치 악보를 보는 듯하다. 아름다운 곡을 만들기 위해 음표를 하나하나 새기다 보면 다음 페이지로 넘길 수 있다. 음악에서 악곡 전체 분위기를 좌우하는 속도를 기호로 나타낼 때 다양한 기호가 있는데, 비보(Vivo) 기호를 내 삶에 새겨 본다. 힘차고 빠르게.

8.

게임과 환상이 아닌 진짜 나의 인생

　살다 보면 견디기 힘든 시련을 맞닥뜨리기 마련이다. 뮤지컬을 계속 관람하는 이유는 또 다른 삶에서 정답을 찾기 위해서였다. 작품 속 인물일지라도 돌이킬 수 없는 실수로 인해 무너지는 인생을 눈앞에서 바라봤다. 보통 사람들은 실패를 두려워한다. 실패를 경험하면 목표를 달성하지 못해 자책하거나 슬퍼한다. 그러나 역경을 딛고 일어서는 사람이 얼마나 많은가. 감당하기 어려운 일을 겪어도, 그것을 극복하고 성장하는 주인공 삶을 지켜볼 때 느껴지는 게 많았다. 실패를 두려워하는 대신 성장통을 겪으며 단단해지는 시기인 것 같다. 외상 후 성장(post-traumatic growth)은 신체적인 손상이나 정신적 충격을 받았음에도 한 단계 성장하는 현상을 말한다. 하지만 극심한 스트레스로 인해 폭력적인 사람으로 변할 수 있다.

　뮤지컬 〈레베카〉 작품을 안 봤어도 '레베카'를 들어본 적 있을 것이다. 이 뮤지컬을 보는 내내 '레베카는 언제 등장하는 거지?'라는 생각이 들었다. 불의의 사고로 아내 레베카를 잃고 힘든 나날을 보내고 있는 막심 드 윈터, 그는 몬테카를로 여행 중 우연히 '나'를 만나 사랑에 빠지게 된다. 그가 말한 레베카는 생각했던 이미지와 정반대였다. 맨덜리 저택의 집사 댄버스 부인은 레베카가 죽은 이후에도 그녀에 대한 집착을 버리지 못하며 맨덜리 저택의 새로운 안주인이 된 '나'를 인정하지 못하고 그녀를 내몰아치기 위해 날마다 괴롭히며 레베카를 그리워한다.

이 뮤지컬을 이미 본 사람이라면 알겠지만, 맨덜리 저택에서 댄버스 부인이 등장하는데 새로 들어온 안주인과 대립하게 되면서 그 유명한 〈레베카〉 넘버를 들을 수 있다. 댄버스 부인 역을 맡은 배우가 〈레베카〉 넘버를 어떻게 부르는지 궁금했다. 〈레베카〉 넘버만 듣기 위해 예매하는 사람도 있을 것이다. 이 작품을 두 번 보고 나서야 모든 노래가 좋다는 것을 알게 되었다. 〈칼날 같은 그 미소〉 넘버는 막심 드 윈터 심정을 대변하는 곡인데 잔잔했던 그의 가슴에 폭풍 같은 흔들림이 일어나며 '나'에게 속마음을 내비칠 때 인간의 본모습을 볼 수 있었다. 마음을 준 사람일지라도 그 사람의 마음이 한결같을 수 없다는 걸 알게 되었다. 또 다른 넘버 〈행복을 병 속에 담는 법〉을 듣고 있으면 마음이 따듯해져 자주 듣고 있다.

때론 익숙한 것보다 새로운 것을 선택할 필요가 있다. 사람 마음이란 게 쉽게 바뀌지 않을 뿐. 다시 안 할 것처럼 돌아서도 원래 있었던 자리로 돌아가려 한다. 생각을 조금만 바꿔도 과거의 사슬을 끊을 수 있었다. 내가 아프고 상처받더라도 마음가짐을 다져야 했다. 게임을 끊기란 쉽지 않았다. 아직도 게임을 같이 하자고 하는 사람이 있다. "아니 그때로 다시 돌아갈 수 없어. 나의 마음은 이제 굳건해졌기에 게임을 하지 않겠어." 혼잣말을 해 봤다.

새 출발 할 수 있다 믿었는데
과거는 날 절대 놔주지 않아
참 순진했던 생각 정말 어리석었어
검은 그림자 떨쳐버릴 수 없어

《뮤지컬 〈레베카〉 '하루 또 하루' 가사 中》

일상에서 일어나는 작은 변화일지라도 의미를 두는 편이다. 작은 일들이 모여 큰 변화를 가져온다. 우리는 같은 시공간에 살더라도 각기 다른 곳을 바라보고 결국엔 좋아하는 것을 쫓아가게 된다. 개인적으로 게임으로 허세 부리는 사람을 좋아하지 않는다. 비슷한 실력끼리 서로 욕하며 싸우는 이유를 모르겠다. 〈리그 오브 레전드〉라는 게임에서 실버 등급은 거의 밑바닥에 있는 등급인데, 이거 가지고 유난을 떠는 친구가 있었다. 승부욕이 발동했고, 결국 그 한 단계 위인 골드 등급이 될 수 있었다. 그리고 아이디를 삭제했다. 이런 과정을 글로 쓰는 것도 조금 유치한 것 같다. 게임은 하면 할수록 스트레스를 받아야 했고, 사람이 점점 유치해지는 것 같았다. 어찌 됐든 게임을 하지 않고 글을 쓰고 있다. 다시 게임을 하고 싶을 때도 있었지만, 세상 모든 것은 마음먹기에 달렸다고 한다. 내 삶의 목표가 있다면 '마음가짐에 따라 사람은 얼마든지 바뀔 수 있다'라는 것을 증명하고 싶었다. 오늘도 과거에서 벗어나고 있다.

한동안 길을 제대로 걷고 있었는데, 의지를 꺾으려 하는 게 주변 곳곳에 숨어 있었다. 언제나 시련과 유혹이 존재하지만, 마음을 단단히 먹었다. 사람들은 나이가 들수록 세월이 빨리 간다고 말한다. 현실적으로 불가능하지만, 과거로 돌아가고 싶은 생각을 해 본 적은 있다. 만약, 이십 대로 돌아간다면 지금처럼 열정을 불태울 수 있을까? 자기계발을 꾸준히 해 왔던 사람이 아니었기에 게임을 죽어라 할 것 같다. 한번 빠져들면 헤어 나오기 힘든 것이 이 세상에 참 많은 듯하다.

배우라는 직업은 무대에서 설 자리가 없을 때 딜레마에 빠지게 된다. 그동안 맡았던 역할이 젊고 우아한 캐릭터였지만, 나이가 든 역할을 맡게 되면 배우로서 새로운 도전을 선택해야 하는 기로에 놓이게 된다. 오랫동안 뮤지컬 배우로만 활동하다가 공중파 드라마에 출연하는 이유와 연관되었을 것이다. 뮤지컬을 관람하며 느꼈던 감정을 메모해 두는 편이다. 지금 글을 쓰고 있지만, 미래에 대한 불안감을 품고서 작품 활동을 하고 있다. 의지가 꺾이는 날에는 가슴에 '그때로 돌아가고 싶지 않다'라고 새기며 다짐했다. 이 세상에는 마냥 즐거운 것이 많기에 언제든 의지가 꺾일지 모르니깐.

새로운 환경에서 적응해야 한다는 건 쉬운 일이 아닐 것이다. 더 나은 삶을 살기 위해 시도한 일이라도 정신적인 고통을 경험할지도 모른다. 포기하고 싶은 마음이 들 때 '나는 내 삶의 주인공이다'라고 마음속으로 외쳤다. 마음이 꺾이지 않게 자기 암시를 했던 것이었다. 잠시라도 마음을 단단히 먹어야 했다. '텐 미닛 마인드 세팅'을 알게 되었다. 출퇴근 시간에 적극적으로 활용하고 있으며, 10분이라도 마음가짐을 잃지 않으려 노력하고 있다. 일시적으로 성장하는 방법이기도 하다. 10분 동안 주인공이 된 것처럼 무대 위에 서 있다고 상상을 해 봤다. 우리는 무대 위에 서 있지만, 단지 조명을 받지 못해 빛나고 있지 않을 뿐이다. 주인공이 아닌 인생은 없다. 누군가 내 삶을 대신 살아주지 않기 때문이다. 아직 떠오르지 못했더라도 인생이란 무대에서 우리가 배우란 사실은 변함없다.

제2장

뮤지컬 러버의
음악적 프롤로그

1.
뮤지컬 러버가 되었다

　조금이라도 더 나은 삶을 살고 싶었지만, 삶의 방향을 알려 준 사람은 없었다. 무엇을 좋아하는지, 무엇을 해야 할지, 어떤 일을 해야 할지 막막하고 답답했다. 뮤지컬 속 주인공의 성장 과정을 지켜보면서 인생을 배운 부분도 있다. 처음부터 완벽한 주인공이 아니더라도, 어려움을 극복해나가는 과정을 보며 작품에 몰입했던 것 같다. 뮤지컬 속 주인공은 콤플렉스에 시달리거나 불안정한 시기가 있었다. 하지만 자신의 약점이나 부족함을 깨닫고, 그것을 극복하기 위해 현실에 맞서 싸운다. 그중에서도 몇몇 주인공은 어려움을 극복하며 성장하는 모습을 보여 주었지만, 그렇지 못한 인물도 있었다. 뮤지컬 속 인물들은 현실 세계와 다를 바 없었다. 사람이 만든 창작물이기도 하고 실존 인물을 그려 냈기 때문이다.

　뮤지컬에 빠지게 되면서 내 삶은 조금씩 변하게 되었다. 뮤지컬 관람을 통해 글을 쓰게 되었고, 내 삶에 새로운 이야기를 담을 수 있었다. 아이디어가 고갈되면 대극장으로 향했다. 뮤지컬 작품을 관람하며 영감을 얻는 편이었다. 내게 대극장은 '이야기 상점'인 셈이다. 흥미가 생기면 직접 부딪혀 보고 경험을 쌓았다. 꿈을 이루고자 의자에 앉아 글을 쓰는 일에 깊이 빠져들었다. 살아온 경험을 토대로 글을 써야 하는데, 사랑, 성공, 행복에 대한 글은 내 것이 아닌 것처럼 느껴졌다. 그렇기에 새로운 경험을 쌓고 있다. 생각을 정리하고 평소에 느끼는 감정을 알아감으로써 나란 사람에 대해 조금씩 알게 되었다. 글을 쓰게 되면서 삶은 조금씩 달라질 수 있었다. 이렇게 사람이 단기간에 바뀔 수 있었던 건 글과 책 그리고 뮤지컬의 존재가 있었기에 가능한 일이었다. 뮤지컬은 내 마음을 뛰게 해 주었고 책은 꿈을 갖게 해 주었다.

블로그를 통해 좋아하는 일을 찾을 수 있다. 뮤지컬을 주제로 포스팅하는 블로거의 열정은 대단해 보였다. 그들은 정성스럽게 사진도 편집하고 다른 사람들에게 뮤지컬 관람 후기를 남겼다. 뮤지컬을 여러 번 관람하다 보면 비용이 많이 들고 시간도 많이 소요된다. 회전문 관객들을 보면 작품에 대한 열정이 느껴진다. 그들의 열정을 느낄 수 있었던 이유는 대극장은 보통 서울에 있는데, 지방에서 올라오는 사람도 있었기 때문이다. 필자도 뮤지컬을 보기 위해 부산까지 내려갔으니 뮤지컬에 대한 열정이 넘치는 것 같다.

비슷한 관심사를 가진 사람과 소통하며 인생을 즐겁게 살아갈 수 있었다. 삶을 살아가는 데 있어 자신이 무엇을 좋아하는지 알아 둘 필요가 있다. 그것을 통해 더 의미 있는 삶을 살아갈 수 있기 때문이다. 뮤지컬의 매력 중 하나는 트리플 캐스팅인데, 한 역할을 각기 다른 매력을 가진 배우들이 연기한다는 점이다. 이로 인해 공연마다 찾아오는 뮤지컬 팬들이 있다. 모든 배우의 공연을 관람하여 블로그에 기록하는 것이었다. 한 번 관람했던 작품이더라도 그 배우의 공연을 다시 보기 위해 예매한 적이 있었다. 뮤지컬이란 주제로 집필하고 싶은 마음도 컸지만, 그 배우만의 감동이란 게 있다고 해야 하나.

자신의 목표를 달성하는 데 있어 일정한 에너지가 필요하다. 에너지가 빠져나가면 다시 채우는 게 쉽지 않다. 신체도 마찬가지로 운동 후 적절한 영양 섭취와 휴식을 취해야 근육의 재생과 성장을 돕는다. 신체 활동을 하게 되면 근육이 분해되고, 그 근육을 다시 만들기 위해서는 단백질이 필요하다. 직장이나 학교생활을 하다 보면 몸과 정신이 지치기 마련이다. 몸과 마음이 지칠 땐 주말에 여행을 가거나 힐링이 되는 시간을 가져야 한다. 지하철로 왕복 4시간이 걸려도 뮤지컬을 보러 간 이유는 내가 좋아하는 일이었기 때문이다.

어떤 일이든 한번 빠져들면 끝까지 해내는 사람들이 있다. 그러나 방법을 모르면 결국 무너지게 된다. 운동을 즐기면서 하고 싶은데, 친구랑 운동을 같이 하다가 자존심이 상하기 일쑤였다. 몸무게 70kg을 만드는 게 쉽지 않았다. 살이 잘 안 찌는 편이었는데, 몸무게가 몇 년간 크게 변동이 없었다. 한동안 운동을 안 하다가 턱걸이와 팔굽혀 펴기를 한 달 동안 했는데 5kg 정도 증량했다. 나란 사람은 어떤 일이든 즐겁게 해야 잘하는 사람이라는 걸 깨달았다.

　내 삶에 뮤지컬이란 게 들어와 급격하게 변화가 일어났다. 그동안 내 삶을 바꿀 수 있는 수단이 없었다. 삶의 방향을 바꿀 수 있는 건 타인이 이룬 결과물과 문학에서 도움을 얻을 수 있다. 우리가 책을 읽는 이유는 저자의 경험을 내 삶에 적용하기 위해서다. 무엇을 해야 할지 모를 때 누군가 나타나 방향을 잡아준다는 건 특별한 존재처럼 느껴질 것이다. 오프라 윈프리는 이렇게 말했다. "할 수 없을 것 같은 일을 하라. 실패하라. 그리고 다시 도전하라. 이번에는 더 잘해 보라. 넘어져 본 적이 없는 사람은 단지 위험을 감수해 본 적이 없는 사람일 뿐이다. 이제 여러분 차례이다. 이 순간을 자신의 것으로 만들라." 어떤 일이든 처음에는 할 수 없을 것 같아 망설이게 된다. 시도해 보고 실패까지 한 경험도 작은 성공이라는 걸 깨우치게 되었다. 망설이면 아무런 일도 일어나지 않으며, 실패하더라도 다시 일어나야 무엇이든 이루는 사람이 될 수 있을 것이다.

　뮤지컬을 관람 후 작품이 완성될 때마다 성취감을 얻을 수 있었다. 뮤지컬 배우처럼 무대에 올라 청중들을 바라보는 내 모습을 머릿속에 그리게 되었다. 아무리 좋은 일이더라도 그 일을 사랑하지 않는다면 실행으로 옮기는 게 쉽지 않다. 그렇기에 자신이 진정으로 즐기고 사랑하는 일을 찾는 것이 중요하다. 새로운 분야에 에너지를 쏟게 되면, 내 삶에 다양한 변화를 일으킬 수 있다. 이젠 또 다른 일에 빠져

보려 한다. 성공한 기업인 세미나에 참석하거나 배울 수 있는 사람들의 강연을 찾아다니려 한다. 어떤 일이든 지치지 않고 끝까지 한다면 삶의 방향을 바꿀 수 있다.

사람마다 좋아하는 분야가 다르다. 맛집, 여행, 운동 등 이쪽 분야는 아직 관심이 적은 편이다. 자신이 좋아하는 일을 찾게 되면, 내 삶에 깊숙이 들어올 것이다. 내 삶을 바꾸기 위한 방법 중 본인의 글을 써야 한다고 블로그에 기록해 두었다. 자신의 글을 온라인에 남기는 건 어쩌면 용기가 있는 사람만이 할 수 있는 일이다. 글을 비공개하더라도 블로그에 글을 꾸준히 쓰는 습관을 갖는다면, 내게 남는 건 분명히 있고 내 삶이 조금씩 달라질 것이다. 좋아하는 일을 찾게 되면 실행하는 습관을 기를 수 있게 된다. 한동안 길을 잃었지만, 삶을 즐기는 사람이 되려 한다.

2.
심장이 두근거리던 순간

누군가 지나치게 간섭하면 잔소리처럼 들리고, 타인의 피드백이 상처가 되기도 한다. 다른 사람이 나를 평가한다면 썩 기분이 좋지는 않을 것이다. 그러나 살아가다 보면 어쩔 수 없는 부분이기도 하다. 세상을 어떻게 살아갈지 고민하던 중 "나를 발견하는 방법"이란 영상을 보게 되었다. "주변 사람들에게 듣는 말을 떠올려 보면 답을 얻을 수 있다"라고 말했다. 그는 〈카카오톡 단톡방〉에 이렇게 글을 남겼다. "여러분, 저를 알고 지낸 지 비록 오래되지 않았더라도 몇 번 마주쳤을 것입니다. 장난으로 이렇게 글을 올리는 건 아닙니다. 저에 대해 장·단점을 단톡방에 올려주시면 감사하겠습니다." 그 사람도 나와 비슷한 고민을 안고 살아간 적이 있었다. 주변 사람들에게 조언을 얻어 삶을 살아가는 방법을 알아가는 사람이었다.

바쁘게 돌아가는 삶 속에서 무엇을 해야 할지 모르는 사람도 있다. 나 역시 서른 중반까지 그렇게 살아왔다. 한 번도 걷지 않은 길을 걷게 되면 겁이 난다. 무엇이 무서웠던 것일까. 그 당시 삶을 돌이켜 보면, 그동안 뚜렷한 방향성 없이 걸어왔던 것이었다. 최근 "어떻게 게임을 끊고 글을 쓰게 되었냐?"라는 질문을 많이 듣는다. 게임을 안 해야 하는 이유를 스스로 만들었기 때문에 가능한 일이었다. 게임의 시작이 있으면 게임의 끝도 있겠거니 했다.

본인의 장점을 모르고 살아가는 이들이 있을 텐데, 빈 종이에 끄적끄적 적어 보는 것이 좋다. 종이에 글을 가득 채우는 건 쉽지 않지만, 상대방을 알아 갈 때 천천히 알아가는 것처럼 나란 존재를 천천히 알아갈 수 있다. 나의 장점은 자신을 알아가는 과정에서 변하고자 하는 절실함과 목표를 향한 결단력을 갖춘 상태였다. 본인에 대한 질문지를 작성 해두고 답하는 연습이 필요하다.

뮤지컬 배우가 되기 위해 뮤지컬 노래를 입시 곡으로 준비하다 보면, 감정이 벅차올라 눈물을 흘려 본 경험이 있을 것이다. 보통 뮤지컬 노래는 감정 전달이 중요하다 보니 에너지를 많이 쓰게 된다. 한 배우는 인터뷰 중 오디션 무대에 올랐던 기억이 떠올라 눈시울이 붉어졌다. 어떤 노래든 누군가의 추억이 담겨 있으며, 간절해지는 힘이 있다. 보통 본인에게 어울리는 곡으로 무대에 오를 텐데, 입시생들이 준비한 곡을 들어보면 절실한 마음이 담겨 있었다. 이들에게는 배우가 되기 위한 첫 번째 관문인 셈이다.

뮤지컬 〈지킬 앤 하이드〉 작품을 두 번 보았다. 곧 20주년이 되는데, 또 관람할지 모르겠다. 배우 캐스팅을 보고 정할 것 같다. 영국 런던의 저명한 젊은 의사 헨리 지킬은 정신병을 앓고 있는 아버지 때문에 인간의 정신을 분리하여 정신병 환자를 치료하는 연구를 하게 된다. 사람을 대상으로 임상실험에 들어가야 하는 단계에 이르렀으나, 이사회 의결에서 전원 반대로 무산되고 만다. 그러나 지킬 박사는 자신의 연구에 대한 미련을 버리지 못하고 실험실로 돌아와 자신을 피험자로 하여 약물을 주입하고, 마침내 잠재되어 있던 욕망을 건드려 내면의 악인 에드워드 하이드로 변하게 된다. 이 뮤지컬은 내용과 별개로 명곡이 많다. 주인공 루시가 부른 〈A NEW LIFE〉는 뮤지컬 입시생들이 많이 부르는 노래 중 하나인데, 절실함을 느낄 수 있는 곡이다.

일어나 툭툭 털고 꿈에서 깨어나

공연한 환상에서 벗어나

잘해왔잖니 지금까지

내 인생 보잘 것은 없다 해도 내 삶

내 스스로 감당해야 할 내 삶

쓰러지지 마 버텨야 해

새 인생 폭풍은 지나갔어 새 인생

다시 태어날 것처럼 환생

풀잎처럼 다시 일어서

내가 살아가야 할 인생

시작해 새 인생

《뮤지컬 〈지킬 앤 하이드〉 'A NEW LIFE' 가사 中》

뮤지컬 배우 지망생들이 부른 곡들을 들어보면 절실함이 묻어 나온다. 뮤지컬 작품은 조금이라도 극적인 상황을 연출하기 위해 간절한 마음이 담긴 노래가 많은 것 같다. 어떤 꿈이더라도 내 안에 담아야 했다. 오래전부터 작가의 꿈을 가지고 있었다. 2017년 11월 10일에 개설만 해 둔 블로그에 이런 글을 읽게 되었다. "단지 작가가 되고 싶어요. 지금 딱 떠오른 말을 쓰기가 참 어렵군요. 저는 SNS를 안 합니다. 그래서 그런지 다른 사람들에게 글을 쓴다는 게 익숙하지 않고 잘 전달될지 모르겠어요. 제 글을 비판하는 사람도 있겠죠. 그럼 어떻게 대처해야 할지 모르겠고 아직 모르는 게 많습니다. 앞으로 책을 많이 읽고 이웃들의 글을 소통하며 다른 사람에게 어떻게 하면 글이 잘 전달될지 연구해서 공감이 가는 글을 쓰고자 합니다."

세상에는 뛰어난 사람이 많지만, 나처럼 무엇을 해야 할지 고민인 사람도 있을 것이다. 누군가는 한 발 한 발 나아가지만, 미래가 불투명한 사람은 아무것도 못 하고 제자리에 서 있게 된다. 게임에 빠지지 않았던 사람이라면 이해가 안 되는 부분도 있겠지만, 내 영혼은 꽤 오랜 시간 동안 게임 속에 갇혀 있었다. 무엇보다 소중했던 꿈을 지켜야만 했다. 5년 후 정말 그 꿈을 이루긴 했다. 지금도 믿겨지지 않는다. 마음을 짓누르던 무언가가 조금은 사라진 것 같지만, 여전히 답답함이 남아 있는 상태인 듯하다. 응어리를 풀기 위해 선택한 건 노래였다. 뮤지컬 넘버 대부분 '신이여'라는 소절이 들어간 노래가 많은 편인데, 내가 부르면 절규에 가깝다.

사람들 앞에서 노래를 불러볼 기회가 생겼다. 사람들이 무대에 오른 나를 쳐다보는 시선, 떨림, 감정 등을 느껴 보고 싶었다. 곧 무대에 올라 노래를 불러야 하는데 어찌나 떨렸는지 모른다. 순서가 되었고 떨리는 목소리로 노래를 불렀다. 사시나무처럼 떨고 있는 다리를 앞에 앉아 있는 사람들에게 들키고 싶지 않았다. 그렇게 절실한 마음을 담아 뮤지컬 넘버 〈난 괴물〉을 끝까지 완창하며 무대에서 내려올 수 있었다. 심장이 미친 듯이 떨렸지만, 노래를 부르는 동안 나 자신을 믿었다. 알지 못했던 나를 찾아가는 것이 살아가야 할 목표가 되었다. 오로지 나를 위한 무대였다. 사람들 앞에 나서는 걸 두려워하는 성격이었지만, 과거에 갇혀 있는 나를 조금이나마 깨울 수 있었다.

3.
뮤지컬 러버의 음악적 프롤로그

대부분 뮤지컬은 사랑 이야기가 담겨 있는데, 뜬금없는 러브스토리는 극의 몰입을 방해하기도 했다. 그러나 애틋한 러브스토리가 없다면 여성 배우들의 비중이 적은 편이다. 실존 인물을 그린 작품 〈마리 퀴리〉를 손꼽아 기다렸다. 삼 년 만에 재연하기에 이 작품을 무조건 볼 생각이었다. 자기계발서에 자주 등장하는 그녀의 삶을 뮤지컬 작품을 통해 생생하게 볼 수 있어 기쁜 마음이 들었다.

1903년, 프랑스 파리. '마리 퀴리'와 '피에르 퀴리'는 오랜 연구 끝에 새로운 방사성 원소 폴로늄과 라듐을 발견해 노벨 물리학상을 공동 수상한다. 더 나아가 마리는 라듐의 의학적 가능성을 발견하여 라듐 요법의 임상시험을 진행하며, 불치병 환자들을 살리기 위해 힘을 쏟는다. 작품에 등장하는 가상의 인물 안느가 일하던 라듐 시계 공장에서 직공들이 매독으로 죽어 나갔다. 회사는 라듐의 위해성을 은닉하였고, 그녀는 특유의 영민함으로 부검 기록이 조작됐다는 사실을 알아낸다. 이 뮤지컬의 줄거리만 보더라도 비극적인 내용과 슬픈 결말이 담겨 있을 것 같다.

> 앞이 보이지 않아도 다시
> 시작할 수 있는 건 바로
> 너란 별 하나
> 언제나 같은 자리에
> 그댄 나의 별 하나
>
> 《뮤지컬 〈마리 퀴리〉 '그댄 내게 별' 가사 中》

　내가 좋아하는 사람이 나를 좋아하면 다행이지만, 마음이 찢어지는 경험을 해 본 사람도 있을 것이다. 누군가를 좋아했던 시절이 있었다. 강의실에 앉아 있었는데, 그녀가 뒤를 돌아봤고 한순간에 좋아하는 감정이 생겼었다. 어느 날 비가 내린다는 일기 예보를 확인 후 작은 우산은 가방에 넣고, 장우산도 챙겨 집 밖으로 나갔다. 혹시나 하는 마음에 우산을 하나 더 챙겼다. 만약, 그녀가 우산을 안 가지고 왔다면, 영화 속 한 장면처럼 우산을 건네는 장면을 머릿속으로 그려봤다. 우산은 내게 설렘 같은 존재였고, 풋풋했던 대학 시절이 기억에 남아 있었다.

　뮤지컬 내용 중 짝사랑을 하는 남녀 주인공을 보고 있으면 마음이 아프기도 하고 설레는 감정을 느낄 수 있었다. 오랜만에 새로운 사람을 만나도, 뜻대로 되지 않았다. 돈 없이 사랑할 수 있는 나이가 아닌 듯하다. 소소한 행복으로 채워줄 수 없을 것 같았다. 미래가 불투명한 남자는 연애가 점점 어려워졌다. '그래, 좀 더 나은 모습으로 발전하는 거야'라고 다짐해 본다.

프랑스의 극작가 에드몽 로스탕이 쓴 희곡 〈시라노 드 베르주라크〉를 원작으로 만들어진 뮤지컬 〈시라노〉의 간략한 줄거리는 이렇다. 주인공의 코는 남들보다 긴 편이다. 극 중 나왔던 대사는 아니지만, 이런 적이 있었을 것 같다. "젠장, 하마터면 상대방이 휘두른 칼날에 코가 베일 뻔했잖아." 그는 뛰어난 검술 실력과 시를 쓸 줄 아는 지성을 갖췄지만, 유일한 콤플렉스는 얼굴 한가운데 거대한 코였다. 어릴 적부터 좋아한 록산에게 사랑을 고백하지 못하고 있다. 이 남자의 이름은 시라노. 한편, 록산은 자신을 도와준 크리스티앙에게 호감을 느낀다. 외모가 출중한 남자였지만, 말솜씨가 형편없었고 지혜롭지 못했다. 시라노는 록산에게 쓸 편지를 대신 써 주겠다고 크리스티앙에게 제안하였고, 크리스티앙은 이 제안을 받아들여 록산에게 편지를 전달했다. 편지를 받은 록산은 크리스티앙에게 마음이 점점 커지게 되었다.

주인공처럼 나는 외모 콤플렉스가 심한 남자였으며, 결국 그녀에게 마음을 전달하지 못하고 끝나 버렸다. 스위스의 정신과 의사 칼 구스타브 융은 "콤플렉스는 숨기거나 없앨 대상이 아니라 꾸준히 관리하고 가꾸어 나갈 대상"이라고 말했다. 관련 전문가들은 콤플렉스를 극복하기 위해선 태도와 인식을 바꾸라고 조언한다. 외모 콤플렉스를 극복하기 위해선 노력한 만큼 결과가 바뀌게 된다.

나는 자존감은 높은 편이지만, 자신감이 없는 편이다. 결국 당당함을 잃게 된 것 같다. 글을 쓰기 시작하면서 조금이라도 마음이 단단해진 느낌이 들었다. 주인공 시라노처럼 내 마음을 글로 표현했다. 내안의 작은 외침이라고 해야 할까. 화면에 보이는 글을 보며 나의 마음상태를 점검할 수 있었다. 대화를 통해 성장하는 사람이 있을 테고, 글을 통해 성장하는 사람이 있을 것이다. 아픔은 시간이 지나면 추억이 되고, 추억은 미화되기 마련이다. 어떤 감정이든 소중하다고 본다. 혼자만의 상처였지만 한층 성장할 수 있었기 때문이다.

목표가 없으면 지금 서 있는 자리에 만족하게 된다. 그동안 꿈 없이 인생을 걸어왔다. 자신의 단점을 드러내기란 쉽지 않다. 평균 키보다 작은 사람의 프로필을 보고 감탄한 일이 있었다. 당당함과 자신감이 물씬 풍겼기 때문이다. 이 시대의 나폴레옹처럼 느껴졌었다. 돈이 많아도 나보다 키가 작다면 그렇게 부러운 생각을 하지 않는 편이다. 그 돈을 내게 나누어 줄 것도 아니기에 선망의 대상은 아니었다. 내가 단지 부러워하는 사람들을 생각해 보면 나보다 키가 크고 비율이 좋은 사람이다.

가난하다는 사실을 굳이 밝히고 싶지 않았다. 글을 쓰다 보면 이것저것 쓰게 된다. 글을 쓰기 시작하면서 간절한 마음이 생겨났다. 내가 좋아하는 것을 버리지 않으면 내 삶이 바뀌지 않는다는 걸 누구보다 잘 알고 있다. "너무 솔직하게 쓸 필요가 없지 않을까?"라는 말을 들게 되면 마음이 무너져 내린다. 그렇다면 나는 무엇을 쓸 수 있겠는가. 비가 내리는 날 우산 없이 길을 걸으며 답답한 마음과 서러움이 빗물에 흘러 내려갔으면 했다. 글을 쓰는 목적은 이렇다. 설렘을 느낄 수 있었으며, 잡념에서 벗어날 수 있었다. 그런데 현실을 피하고자 외면하면, 또다시 게임에 빠질 거라는 걸 알고 있었다.

　뮤지컬을 관람하면서 꿈을 꾸게 되었다. 좀 더 나은 사람이 될 수 있다면, 뭐라도 해야 했다. 글을 쓰는 시간만큼은 자신감이 생기는 듯하다. 또한, 긍정적인 말을 하곤 한다. '당신도 해낼 수 있어'라고 주변 사람들에게 말하고 다닌다. 만약, 글을 쓰지 않게 되면 어떻게 될까? 마음에 여유가 사라지고 하루하루 힘든 감정이 오랫동안 머물렀을 것이다. 일본의 작가 나카타니 아키히로는 이런 말을 했다. "글쓰기는 내면을 들여다보고 다가올 미래를 그려 볼 좋은 기회다. 그러나 몸과 마음에서 우러나지 않고 풍부한 지식을 과시하기 위해 쓰는 글은 자신의 앞날에 걸림돌이 될 뿐이다." 독자들이 내가 쓴 글을 읽고 '어, 나도 할 수 있겠는데?'라는 생각이 들었으면 하는 바람이다. 그뿐이다.

4.
난 작가라, 영감을 얻어야 해

    집에 있는 시간이 길어지게 되면 스스로 시간 관리를 해야 하는데 쉽지 않다. 최근, 기사를 읽었는데 경력이 단절된 여성은 약 140만 명에 육박하는 것으로 조사됐다. 여성뿐만 아니라 남성도 경력 단절로 인해 고민하는 사람도 있을 것이다. 프리랜서로 살아간다는 건 쉬운 일이 아니다. 새로운 도전을 위해 사표를 내고 회사를 그만두었지만, 뜻대로 되지 않아 어려움을 겪게 될지도 모른다. 직장에 다닐 땐 정해진 날짜에 월급이 입금되지만, 프리랜서의 삶은 소득이 불규칙해져 마음이 불안하고 조급해질 수 있다.

    프리랜서 삶을 꿈꾸는 이들도 있을 텐데, 시간을 자유롭게 사용할 수 있어 다양한 활동을 할 수 있다. 하지만 그 시간을 제대로 활용하지 못하거나 노력한 만큼 성과를 얻지 못한다면 조급해질 수밖에 없다. 목표에 도달할 때까지 인내심이 필요하다. 작년부터 이런 고민을 했었다. 회사에 출근하지 않고 집에서 글만 쓰고 싶었다. 퇴근 후 집에 돌아와서 새벽까지 글을 쓰고 출근했었다. 글에 대한 욕심이 컸던 것 같다. 블로그에 글을 쓰는 시간을 늘리기 위해 회사에 사표를 냈지만, 기쁨은 잠시였다. 결과에 대한 책임감은 커질 수밖에 없었는데, 아직 프리랜서로 살아갈 능력을 갖추지 못한 상태였다. 올빼미족이라 새벽까지 글을 썼지만, 낮이 돼서야 눈이 떠지는 날이 많아졌다. 시간이 많아졌다고 해서 글을 많이 쓰는 것도 아니었다. 불규칙한 생활 습관으로 인해 시간을 제대로 활용하지 못했다.

창작하는 고통이랄까. 글을 쓰기 시작하면서 집착하는 게 생긴 듯하다. 어떤 일이 벌어지면 블로그나 원고에 쓸 부분이 없는지 생각하게 된다. 글을 쓰는 과정에서 가끔 막히는 날이 있었다. 그런 날은 억지로 글을 쓰기보단 휴식을 취하면서 뮤지컬 음악을 들었다. 직장을 다닐 땐 퇴근 후 뮤지컬을 보러 다녔지만, 직장을 구하는 동안 낮에 하는 공연을 볼 수 있었다. 역시나 좋은 자리를 확보하지 못했지만, 시간적인 여유를 갖고 작품을 관람할 수 있었다.

뮤지컬 〈모차르트〉는 명곡이 많은 작품이며 명배우들이 무대에 올랐다. 이 뮤지컬에 나오는 음악을 들으며 글을 쓰기도 했다. 뮤지컬 모차르트 작품 속 콘스탄체가 부른 〈난 예술가의 아내라〉라는 넘버를 듣고 주제를 정할 수 있었다. "젠장, 지저분한 집구석, 어휴, 치울 수가 없네. 이 집안일은 해도 해도 끝이 없어. 아예 시작하지 말아야지. 난 예술가의 아내라 영감을 줘야 해." 이 부분만 보았을 때 일상이 지루하고 불규칙한 생활 습관으로 불안정한 심리 상태라는 것을 알 수 있다. 하지만 주인공의 어린 시절을 보면, 미래보다 현재가 더 중요했다. 다른 사람들이 해 주는 조언을 무시한 채 삶을 즐기는 사람이었다.

그녀는 어릴 적 부끄럼이 많아서 남들 앞에 서질 못했고, 무대 공포증을 토로했다. "언니처럼 오페라 가수가 될 수 있었지만, 무도회처럼 즐길 수 있는 곳이 있다면 빠질 수 없었다"며 노래를 부른다. 스스로 한계를 그어 버리는 과거 내 모습과 비슷했다. 글을 쓰지 않았다면 "누가 뭐라고 말하든 인생을 즐겨야 한다"라는 주인공과 공감대가 형성됐을 것 같다. 인생을 즐기겠다는 결의도 중요하지만, 성장하는 과정이 좀 더 중요하다는 생각이 들었다.

경력 단절로 인해 불안감, 좌절감, 우울증, 자존감 하락 등의 감정을 경험하게 된다. 다양한 분야에서 일하는 사람들을 만나는 것이 중요하다. 다른 사람과 교류를 통해 아이디어와 인사이트를 얻을 수 있다. 재테크 모임에 참석하게 되었는데, 사적으로 만날 수 없는 의사나 회사 대표들을 만날 수 있었다. 이들이 하는 대화를 유심히 들어봤다. "지금 삶이 흑백 티브이일지라도, 도전하다 보면 컬러 티브이처럼 선명해지는 날이 온다." 이 말이 너무 와닿아 '인생이 선명해지는 방법'에 대해 글을 써 봤다. 낯을 가리는 성격이라 새로운 사람들을 만나는게 어색하였고, 에너지 소모가 컸었다. 그렇지만 배울 수 있는 사람이 있다면 어디든 참석할 것이다.

사람을 만날수록 다양한 감정을 느낄 수 있고 정보를 얻을 수 있다.

우리는 같은 하늘을 바라보고 있지만, 각자 개성이 다르고 살아온 환경이 다르다. 살아온 배경이 다른 만큼 서로의 생각이 다를 수밖에 없다. 내향적인 사람은 친분이 없는 사람과 대화를 하게 되면 소극적인 태도를 취하게 된다. 새로운 사람을 만나는 건 설레는 마음도 생기지만 두려움이란 감정도 따라온다. 경력 단절로 고민하는 사람들이 있을 것이다. 처음에는 불안감이 들지만, 시간이 지날수록 점차 무뎌진다. '어쩌면 사회생활을 하지 않아도 살아갈 수 있겠다'라는 생각에 빠질지도 모른다. 주변 사람들에게 아무리 좋은 말을 들어도 사람이 바뀌지 않는 이유는 자신이 보고 싶은 것만 보려 하기 때문이다. 이것을 깨는 순간 보이지 않았던 것들이 보이게 된다.

아직 마음이 불안하다 보니 시야가 좁아질 때가 있다. 작은 것이라도 놓치지 않기 위해 세상을 꼼꼼히 바라보려 한다. 영화도 마찬가지겠지만 뮤지컬을 여러 번 보게 되면 놓쳤던 장면들이 새롭게 보이게 된다. 음악은 감정과 뇌 활동에 긍정적인 영향을 미치며, 심리적인 안정과 치유를 돕는다는 연구 결과가 있다. 배우가 노래를 부를 때 그들의 감정을 이해하려 노력한다. 뮤지컬을 관람하며 다양한 인물을 관찰하고 음악을 통해 영감을 얻을 수 있었다.

내가 직접 가 보지 않으면 '미지의 세계'로 남게 된다. 내가 알지 못하는 세계는 너무나 많다. 새로운 경험을 쌓는 것이 중요했다. 프리랜서라면 앞으로 다양한 사람들을 만나게 될 텐데, 오늘도 새로운 사람을 만나기 위해 성남에 있는 중학교에 찾아갔다. 교무실에 들어가야 하는데 어쩌나 심장이 떨리는지 모르겠다. 담임 선생님을 찾으러 온 게 아니었다. 교무실에 들어가서 얼굴 한 번도 본 적이 없는 1학년 부장교사를 찾았다. 체육 선생님처럼 보이는 분에게 물었다. "1학년 부장님 좀 뵈러 왔는데요." 반대편 책상에서 서른 후반 정도 되는 여성 선생님이 일어났다. 준비해 왔던 멘트는 횡설수설하고 목소리는 기어들어 갔다. "학생들을 위해 강연하고 싶은데, 방법을 알지 못해 직접 찾아왔습니다." 지금 생각해 봐도 무언가에 미쳐 있던 사람 같았다. 누가 뭐라고 말하든 조금만 더 미쳐 보려 한다. 준비된 프리랜서가 되기 위해서.

5.
작은 꿈이 큰 행복으로 이어지는 앙코르

꿈이 크면 클수록 실패하게 되면 큰 상실감으로 남게 된다. 한두 번 실패하다 보면 나 자신을 의심할 수밖에 없었다. 큰 꿈을 품으면 그만큼 불안감도 따라오지만, 꿈이란 게 거창할 필요가 있을까? 꿈을 이루기 위해 다시 한번 '현실의 벽'을 넘으려 한다. "지금도 여전히 작가가 되는 게 꿈이다." 첫 페이지부터 다시 글을 써야 하는데, 더 나은 글을 써야 한다는 압박감 때문에 넉 달 동안 첫 페이지에 머물러 있었다. 그러나 뮤지컬을 관람하고 돌아와 개인 블로그에 감상평을 차곡차곡 쌓았다. 열정이 항상 남들보다 빨리 식어 버린다고 자책했었는데, 꿈을 꾸기 시작하면서 이 꿈을 지키기 위해 끊임없이 행동할 수 있었다.

"현재 후반전을 달리는 청년이 되었지만, 어떻게 인생을 살아가야 할지 막막했다. 글을 쓰기 전 꿈이 있었는지 기억이 나지 않았다. 현실은 냉혹했고, 현실의 벽에 계속 부딪혔다. 현실의 벽을 넘으려 한 적이 있었는지 스스로에게 물어봤다. 그러나 열정은 항상 남들보다 빨리 식어버렸다. 오늘의 꿈은 다음 날이 되면 바뀌었고, 새로운 꿈을 꾸었지만 이룬 꿈은 없었다. 꿈은 생각만 해서 이룰 수 없다는 사실을 이제야 깨달았다."

(저자 이시헌의 《인생을 쇼핑하는 남자》 중에서)

내가 할 수 있는 걸 다 했는데도 결과가 좋지 않을 경우가 있다. 최근 대한민국에서 인기 있는 음악 경연 프로그램 중 하나는 〈미스터트롯〉이다. 이 프로그램이 아니더라도 뮤지컬 경연 프로그램이 여럿 있었다. 뮤지컬 지망생 또는 무명 배우가 출연하여 치열한 경쟁에서 살아남아야 했다. 이들은 단 하나의 목표를 향해 절박한 마음으로 경연에 참여했을 것이다. 대배우가 되고자 참가한 사람은 많지만, 이 중에서 스타가 되는 사람은 거의 없었다. 상대방보다 더 높은 점수를 얻어야 다음 라운드에 진출할 수 있지만, 서바이벌에서 끝까지 살아남더라도 유명해지는 건 아니었다. 한 뮤지컬 관계자는 이렇게 말했다. "주연 배우는 계속 주연만 맡게 되고, 조연은 계속 조연, 앙상블은 계속 앙상블만 할 수밖에 없다." 주연 배우와 조연 배우 그리고 앙상블 배우 사이에는 격차가 크다는 것을 알 수 있다. 어떤 무대라도 중요하다는 걸 깨닫는 계기가 있었는데, 대중들에게 잘 알려진 배우가 오디션 경연 프로그램에 참여했다. 모든 무대가 배움을 얻을 수 있기에 참여한 것이었다. 이미 남들보다 인정받고 있는 위치에서 새로운 도전을 한다는 게 배우의 삶이란 생각이 들었다.

압박감을 견디지 못하고 회사에서 마음이 무너져 내린 날이 있었다. 두 달마다 회의가 있어 문서를 작성해야 했다. 이것도 벅찬데 다른 업무까지 계속 주어지다 보니 정신적으로 버티기 힘들었다. 야근해도 할 수 없는 업무 강도였는데, 갑자기 회식하러 가자는 말에 두 귀를 의심했다. 회식이 끝나고 다시 회사로 돌아왔다. 술에 취한 상태에서 회의자료를 수정하려는데, 맥주 한 잔을 더 마시자는 말에 머리를 쥐어뜯고 싶었다. 저녁 열 시가 넘어서야 자료를 정리하였다. 다른 직원은 피곤한지 의자에 앉아 잠들었다. 다음 날도 평일이어서 어떻게든 집에 들어가고 싶었다. 두 시간 정도 자리에 앉아 자료를 수정하고 귀가했지만, "이렇게 만들고 집으로 들어간 거야?"라는 말을 상사에게 들었다. 어떻게든 해 보겠다는 마음이었는데 이젠 그냥 될 대로 되라는 마음으로 바뀌었다. 다른 직원들이 업무를 어느 정도 줄여줘야 하는 상황에서 전부 손을 놓고 있었다. 결국 '더 이상 이 회사에 다닐 수 없겠다'라는 생각이 들었다. 그렇다고 바로 그만둘 수 있는 상황이 아니었다. 내일이라도 회사에서 도망치고 싶었지만, 회사가 재계약을 앞둔 상황에서 그만둔다고 말할 수 없는 분위기였다. 마음이 지친 상태였지만 석 달이 지나서야 퇴사할 수 있었다.

뮤지컬 〈모차르트〉에서 남작 부인은 모차르트 아버지를 설득하기 위해 노래를 부르기 시작한다.

"아주 먼 옛날에 한 왕이 아들과 함께 살았다네. 세상을 두려워하면서 늘 왕자 걱정에 잠들 수가 없었지. 성벽을 높이고 문도 굳게 닫았네. 어느 날 바람결에 실려 온 그리움. 혼자 있는 왕자에게 속삭였네. 북두칠성 빛나는 밤에 하늘을 봐 황금별이 떨어질 거야, 황금별을 찾기 원하면 인생은 너에게 배움터. 그 별을 찾아 떠나야만 해."

《뮤지컬 〈모차르트〉 '황금별' 가사 中》

　새로운 무대에서 꿈을 펼칠 수 있는 환경을 만들어야 했다. 평일에도 글을 쓸 수 있는 직장으로 옮겼는데, 스물네 시간 동안 근무해야 하는 곳이었다. 꿈을 이루기 위해선 악바리 정신이란 게 필요할 것 같아 열악한 환경으로 나를 몰아넣었다. 조금씩 나아가고 있더라도 희망이란 것이 눈앞에 보였다가도 다시 사라지기도 한다. 신기루 현상을 절망이라고 표현하지 않는다. 사막이나 추운 기후에서 발생하는 이 현상은 상황이 좋지 않더라도 희망이란 표현으로 정의한다. 꿈이 있는 사람에게는 희망이 있고, 희망을 잃지 않아야 끝까지 해낼 수 있는 것이다.

　자기 효능감이 낮은 사람들은 지나치게 낙담하는 경향을 보이거나 그것을 넘어 자존감이 낮아지기도 한다. 자기 효능감이란 자신이 어떤 일을 해낼 수 있는 능력과 자신감을 가지는 것을 말한다. 즉, 어려운 상황에서도 자신이 문제를 해결할 수 있다고 믿는 것이다. 성공적인 삶을 살아가기 위해서는 자기 효능감을 높이려는 노력이 중요하다. 본인에게도 뛰어난 능력이 있다는 걸 입증하고 용기를 불어넣어

줄 필요가 있다.

　남들보다 잘하는 영역에서 실패하게 되면 좌절감은 클 수밖에 없
다. 모차르트는 여러 어려움을 극복하면서 음악적 천재로 성장할 수
있었다. 아버지의 강압적인 교육보다 남작 부인의 믿음으로 파리로
향했으나 길거리 공연은 성공적이지 못했다. 음악적 천재에게도 시
련은 피할 수 없었다. 때론 홀로 쌓아 올린 성벽을 넘어서야 한다. 쌓
아 올린 성벽에 자신을 가두어선 안 된다. 현재 위치에 안주하지 않고
새로운 도전을 시도했던 배우처럼 행동하려 한다. 내가 가진 능력과
잠재력을 최대한 발휘하고 성장하기 위해서. 사람마다 꿈의 크기는
다를 것이다. 그렇다고 해서 초라한 꿈은 없다.

　　황금별이 떨어질 때면
　　세상을 향해서 여행을 떠나야 해
　　북두칠성 빛나는 밤에
　　저 높은 성벽을 넘어서
　　아무도 가보지 못한 그곳으로
　　저세상을 향해서 날아봐
　　날아올라

《뮤지컬 〈모차르트〉 '황금별' 가사 中》

6.
오늘 무대는 어제와 같을 수 없다

배우는 아니지만 나쁜 습관을 다음 무대에 끌고 오지 않아야 했다. 오래된 습관을 바꾸기는 쉽지 않다. 행동이 강화될 때 우리는 그것을 반복하게 되고, 정해진 시간에 수행하게 된다. 허리를 구부정하게 앉거나 다리를 꼬는 습관이 나쁘다는 걸 알면서도 고치지 못하고 있다. 그나마 컴퓨터 게임을 하지 않기에 많이 고쳐졌다. 게임을 누가 시켜서 실행한 것이 아니었다. 나의 뇌가 반복되는 일을 하도록 신경 회로를 형성한 것이었다. 흡연이 몸에 해롭다는 것을 알면서도 담배를 끊지 못하는 사람이 많기에 시작조차 하지 않았다. 게임은 담배처럼 중독성이 강하기 때문에 정해진 시간 외에도 오랫동안 했었다. 습관을 바꾸는 건 쉬운 일이 아니다.

"자기계발을 통해 부족한 부분을 채워가는 걸 좋아합니다." 예전에 써둔 자기소개서와 달리 내일이 다가오기 전까지 컴퓨터 책상에 앉아 게임을 하는 시간이 많았다. 성장하기 위해 무언가 도전해야 했지만, 무엇을 시작해야 할지 막막했던 것 같다. 자기계발을 전혀 하지 않았던 시절은 티브이를 보며 시간이 빨리 흘러가길 바랄 뿐이었고, 컴퓨터로 유튜브를 시청하며 시간을 보냈다. 사소한 행동 하나만 바꿔도 삶은 조금씩 달라진다. 성공적인 하루를 만들기 위해서는 끊임없는 노력을 기울여야 했다. 지속적인 노력과 실천이 중요한데 단 한 번의 노력으로 성공을 바라는 건 욕심이었나 보다. 불필요한 일에 다시 전념하게 되었고 변화를 위해 내렸던 결심은 내 마음속에서 사라지고 말았다.

더 나은 하루를 만들기 위해 빠져 있던 일을 안 하기로 마음먹었다. 습관을 바꾸는 과정에서 실패한 순간도 많았지만, 퇴근 후 글을 쓰는 습관을 유지하고 있다. '시설관리'라는 직업을 가진 지 6년이란 시간이 흘렀다. 오늘은 어제와 같을 수 없지만, 반복된 일상에 갇혀 있는 느낌이 들었다. 이 직업을 선택 후 지루한 시간을 하루 이틀 흘려보내다 보니 5년이란 세월이 흘러갔다. 경력만 채웠을 뿐 노력을 통해 좀 더 성장한 부분이 없었다. 만약, 이 기간에 글을 썼더라면, 조금이나마 삶은 달라졌을지도 모른다. 지속적인 습관을 만드는 것이 자기계발의 첫 단계이다.

습관을 바꾼다는 건 고통도 따라오겠지만, 변화를 위해선 이러한 노력과 결심이 필요하다. 글을 쓰면서 지나온 삶의 여정을 담고 있다. 있는 그대로 내 모습을 사랑해 주는 사람이 있을까? 지난날 써 놨던 글을 읽어 보면 부끄러운 건 내 몫이었지만, 나란 사람을 있는 그대로 드러내고 있다. 첫 번째 저서를 제대로 읽지 못하고 있는 이유는 수정하고 싶은 문장이 계속 보이고, 지우고 싶은 부분도 많기 때문이다. 글을 쓰게 되면서 삶이 달라지고 있지만, 생활 패턴을 바꾸기란 쉽지 않았다. 그렇지만 완벽한 하루를 만들기 위해 조금씩 수정하고 있다.

　뮤지컬을 유튜브로 듣는 것과 현장에서 직접 보는 건 차원이 다르다. 작년, 뮤지컬 〈모차르트〉를 보게 되었고, 이 뮤지컬에 관한 이야기를 저서에 많이 담았다. 전율뿐만 아니라 어떤 글을 써야 할지 많은 생각을 할 수 있었다. 현장에서 넘버를 들으며 어떤 글을 써야 할지 고민하기도 했었다. 글을 쓰며 나 자신을 표현하고 표출하는 것이 마치 춤을 추기도 하고 정해져 있지 않은 틀에서 사는 것 같았다. 글을 쓴다는 건 일상에서 경험하는 감정과 생각 그리고 내면의 세계를 표현하는 수단 중 하나로, 자아를 발견하고 성장하는 과정을 그려 낼 수 있다.

　나는 장조 나는 단조
　나는 화음 나는 멜로디
　나의 단어 나의 문장
　나의 느낌 나의 리듬
　음악 속에
　나는 박자 나는 쉼표

나는 하모니

나는 포르테 난 피아노

춤과 판타지

나는 나는 난 음악

《뮤지컬 〈모차르트〉 '나는 나는 음악' 가사 中》

　장조와 단조, 화음과 멜로디, 단어와 문장, 느낌과 리듬 모두가 음악을 이루는 중요한 구성 요소들이며, 이 모든 것들이 하나로 어우러져 아름다운 하모니를 만들어 낸다. 글도 음악과 마찬가지로 다양한 요소들이 있는데, 글에는 단어 선택, 문장 구성, 문체, 표현 방식, 이야기 전개 등이 있다. 또한, 작가의 감성과 열정이 녹아 있어야만 생동감 있는 이야기가 탄생할 수 있다.

　작가는 본인의 경험과 지식으로 다양한 주제를 다루어 독자의 감정과 상상력을 자극하는 내용을 담아내는 것이 중요하다. 어제보다 좀 더 나은 삶을 살고자 글을 쓰고 있다. 한 편의 글을 완성하여도 다시 보면 부족한 부분이 보인다. 작가는 글을 수정할수록 완벽한 글에 가까워진다. 오늘 실망스러운 작품이 나오더라도 내일이 있기에 정말 다행이다.

　오늘 하루가 완벽할지라도, 내일은 조금 엉성할 수 있다. 오늘 무대는 어제와 같을 수 없다. 평소에 하지 않던 실수를 할지도 모른다. 객석에 앉아 배우들이 긴 대사를 실수하지 않고 연기하는 것을 보고 있으면 대단하다는 생각밖에 안 든다. 실수하지 않기 위해 어떤 준비를 하는 것일까? 이 무대를 위해 매일 연습했을 것이다. 어제 무대가 조금 아쉬웠을지라도 오늘 오르는 무대에서 완벽하게 연기를 하면 된다.

글이나 연극, 뮤지컬 등 예술 분야에서 실수하지 않는 것이 이상적이지만 현실적으로는 어렵다. 뮤지컬 배우는 실수 없이 무대에서 내려와야 한다. 배우들은 좀 더 섬세해질수록 완벽한 연기를 하게 되고, 불필요한 제스처를 줄여 나간다. 글이란 건 실수를 해도 수정할 수 있어 다행인 것 같다. 글을 쓰는 행위는 누구나 할 수 있는 것이며, 연습과 노력을 통해 발전할 수 있는 기술이라 생각한다. 자신만의 감성과 스타일을 찾아내는 과정에서 실패도 있을 수 있겠지만, 그것이 성장의 과정이라는 것을 잊지 말아야 한다.

7.

소중한 사람들과 함께

사소한 일이더라도 상대방에게는 마음 깊은 곳까지 상처로 남을 수 있다. 마음의 문제를 적절하게 터놓지 못해 병이 되기도 하고 소중한 것을 잃기도 한다. 사람과 사람이 만나다 보면 좋은 일도 생기지만 그렇지 않은 경우가 대부분이지 않은가. 지금 곁에 있는 사람이 어떤 사람이냐에 따라 일상이 달라지는 걸 요즘 많이 느끼는 것 같다. 뮤지컬을 관람하면 다양한 감정과 이야기를 경험할 수 있다. 이를 통해 마음의 상처를 치유하는 데 도움이 된 부분도 있었다. 그러나 몸과 마음을 추스르는 게 말처럼 쉽지 않다. 작은 상처라도 적절히 관리해 주지 않는다면 점점 커질 수밖에 없다.

내 곁에 어떤 사람을 두냐에 따라 감정이 달라질 수 있다. 아무리 친한 사람일지라도 본인 생각을 강요하는 건 무례한 행동이지 않을까. 친하다는 이유로 사람을 함부로 대하는 사람이 있을 텐데, 세상에는 참 다양한 사람이 있는 것 같다. 초면에 무례한 질문을 하거나 남을 깎아내려 웃음 도구로 사용하는 사람을 모임에서 종종 만날 수 있었다. 이런 사람들에게 이용당하지 않기 위해 평소에 표정을 어둡게 짓게 된다. 나 자신을 방어하기 위해서였다.

사람이 솔직해지는 순간이 있다. 상황에 따라 다를 수 있겠지만, 일반적으로 어려운 상황일 때 본모습을 드러낸다. 회사에서 묵묵히 일만 한다고 해서 인정받기란 쉽지 않았다. 특유의 과장된 화법으로 사람을 사로잡는 사람이 있다. 대화를 통해 실속을 챙기는 사람은 아니라 이런 부류와 잘 맞지 않았다. 회사에서 당당히 요구할 건 요구해야 한다. 소위 시쳇말로 사람이 가만히 있으면 가마니로 안다. 업무 지시를 잘 따르는 직원에게는 이것저것 업무 지시를 내리고, 불만을 표하는 직원에게는 눈치를 본다. 불만을 품고 업무를 하라는 건 아니다. 단지, 군말 없이 일하는 직원을 제대로 인정해 주지 않는 게 아쉬울 뿐이다. 성실했던 직원은 회사를 결국 떠나게 된다.

배움을 얻기 위해 행동한 건 모임 참석이었다. 타인과 대화를 나누면서 느끼고 배울 수 있는 부분이 있었다. 나이가 적든 많든 무례한 사람은 어디에든 있다. 말투만으로 그 사람을 완전히 파악하는 건 어렵지만, 이야기를 나누다 보면 성품이 어떨지 유추할 수 있다. 앞으로 함께할 인연이라 믿었는데, 나이가 들수록 인간관계가 점점 줄어드는 것 같다. 사람을 너무 이해하려고 노력할수록 내 감정이 버티질 못했던 적이 있었다. 남자들은 친하다는 이유로 말끝마다 욕을 섞는 사람이 있는데, 그들과 대화하다 보면 기분이 상하여 집으로 돌아오는 날이 많았다. 인연이란 건 처음부터 정해져 있는 것일까? 우연한 기회로 인연이 시작되었지만, 지속적인 문제가 쌓이다 보면 연이 끊기기도 한다. 나와 결이 맞지 않는 사람이라면, 곁에 둘 필요는 없는 것 같다.

> "인생은 흘러가는 것이 아니라 채우고 또 비우는 과정의 연속이다. 무엇을 채우느냐에 따라 결과는 달라지며 무엇을 비우느냐에 따라 가치는 달라진다. 인생이란 그렇게 채우고 또 비우며 자신에게 가장 소중한 것을 찾아가는 길이다."
>
> (저자 에릭 시노웨이, 메릴 미도우의 《하워드의 선물》 중에서)

뮤지컬을 관람하기 시작하면서 도전, 배움, 경험 등 어떻게 하면 채울 수 있을까? 이런 고민을 자주 하게 되었다. 상처에 관한 이야기로 글을 쓰면 어떤 사람은 본인이 더 아프다고 말할 수 있다. 어떤 삶이라도 소중한 게 있을 텐데, 어떤 사람을 만나든 함께할 수 있는 사람이 있다는 건 소중한 일이다. 곁에서 응원해 주는 그 사람으로 인해 더 나은 사람으로 거듭나기 위해 노력했던 것 같다.

서른이 넘었는데 게임 때문에 분노를 조절하지 못하는 친구들이 한심하게 느껴졌다. 즐기면서 해도 충분한데, 다른 사람에게 왜 화를 내는지 이해하기 힘들었다. 게임에 빠져 있던 시절을 회상해 봤다. 젠장, 벌써 새벽이 된 거야? 밤은 왜 이리 짧은 것일까. 밤하늘에 떠 있던 별과 달은 사라져 버리고, 햇빛이 방 안을 가득 채웠다. 게임을 하는 동안은 시간이 어떻게 흘러가는지 모를 정도였다. 식사를 거를 때가 많았고, 컴퓨터 책상이 밥상으로 대체됐다. 이것을 하는 동안 마치 다른 세상에 있는 것 같았다. 게임은 떼려야 뗄 수 없는 동반자와 같은 존재였지만, 뮤지컬을 관람하기 시작하면서부터 내 삶은 조금씩 달라질 수 있었다.

이성으로서가 아니더라도 배울 수 있는 사람에게 끌리는 편이다. 게임에 목숨 걸고 싸우는 게 아니라 인생을 걸고 도전하는 사람을 만나고 싶었다. 게임은 마치 꿀처럼 달콤해서 마지막 한 방울까지 먹었지만, 영양가가 없었다. 하지만 화목하지 않았던 가정 속에서 유일한 피신처였다. 한편으로는 나쁜 길로 빠지지 않았던 이유는 게임이 있었기에 가능한 일이었다.

지금 내가 들고 있는 패에서 어떤 카드를 버리고, 어떤 카드를 채워야 할까? 곰곰이 생각해 봤다. 버리는 카드는 '게임'이며 다시 뽑은 카드는 '배움'이었다. 배움이라, 나는 무엇부터 해야 하는 것일까. 숨이 턱 막혀 버렸다. 그동안 게임은 내게 즐거움을 선사했다. 무엇으로도 게임을 대체할 수 없을 것 같았다. 이런 내게도 조금씩 변화가 일어났다. 새로운 만남, 새로운 환경, 새로운 도전을 통해 삶이 조금이라도 나은 방향으로 흘러가는 게 느껴졌다.

MBTI 테스트를 해 본 결과 N 유형이 강하다. 〈데스노트〉 뮤지컬을 보고 세상을 바꾸려는 주인공과 비슷한 점을 발견할 수 있었다. 미래 지향적이고 창의적인 사고를 선호하는데, 미래를 예측하고 대처하기 위해 작은 일에도 생각이 많은 편이다. 나 같은 유형의 성격을 가진 사람을 만나게 되면, 사소한 문제에 놓였을 때 마음고생을 하는 것이 훤히 보였다. 사람들은 이상하게도 내가 감추고 싶은 부분을 반대로 말하는 경향이 있다. 예를 들면 다른 사람에게 예민한 사람처럼 보이고 싶지 않아 어떤 일이든 쉽게 잊는 편이라고 말한다. 하지만 그 일을 두고두고 생각하며 타인에게 했던 이야기를 반복하고 있다는 걸 본인은 모르는 것 같다.

내 삶에 있어 불필요한 존재는 분명히 있을 것이다. 뮤지컬 〈데스노트〉 줄거리는 이렇다. 주인공은 어느 날 길에서 데스노트를 줍게 되는데 이 노트에 이름이 적힌 자는 죽게 된다. 그 후 자기 손으로 범죄자를 처단하여, 정의롭고 새로운 세상을 만들어 나가려 한다. 이상한 이념으로 이야기하려는 게 아니다. 이런 노트가 없더라도 내 곁을 떠나는 사람은 생길 수밖에 없다. 배움을 얻기 위해 새로운 환경을 찾아 다녔지만, 하루아침에 변화가 일어나는 건 아니었다. 분명한 건 내감정이나 생각이 달라졌다. 나를 깎아내리려는 사람을 만난 적도 있었는데, 어떤 사람을 만나냐에 따라 마음가짐이 달라진다. 무엇을 비우고 채우냐에 따라 강단 있는 사람으로 거듭날 수 있다.

8.
인생 뮤지컬을 즐기며 살아가기

코로나19 사태가 완화된 후 마스크 착용이 부분 해제되면서, 사람들이 다시 얼굴을 드러내고 사회적 활동을 하게 되었다. 실내에서 마스크 착용 의무가 해제됐는데도 일부 사람들은 마스크를 쓰고 여전히 생활하고 있다. 방역수칙을 지키기 위함도 있겠지만, 오랜 기간 마스크를 쓰면서 얼굴을 가리는 것이 더 편안하게 느껴지는 부분도 있기 때문이다. 얼굴을 일부 가리면 외모가 돋보이기도 하고, 마스크를 착용하게 되면 얼굴이 작아 보이는 효과도 있다. 사진을 찍을 때 마스크를 착용하면 더욱 잘 나오는 느낌이 든다. 오랜 기간 마스크로 가린 채 생활하다 보니 얼굴 일부분처럼 느껴졌다. 나처럼 얼굴이 둥근 사람은 마스크로 콤플렉스를 가릴 수 있어 나름대로 장점이 있었다. 최근, 얼굴을 다시 드러내기 시작하면서 외모 콤플렉스를 개선하려는 사람이 늘어나고 있다.

누구나 외모 콤플렉스가 있을 수 있다. 외모에 대한 불만족을 느끼기 때문에 더 나은 모습으로 변하고 싶어 한다. 심리학자들은 "열등감이 콤플렉스를 만든다"라고 말한다. 외모 콤플렉스가 심할 경우 자신감 부족으로 인해 우울증과 불안장애를 겪을 수 있으며 대인관계에 소극적이고, 자기 비하와 대인기피증 같은 부정적인 영향을 미치게 된다. 머리에 난 상처 때문에 자신감이 떨어진 적이 있었다. 군대에서 머리카락을 짧게 자르기 때문에 머리에 난 상처가 부각돼 동기들에게 조롱거리가 되었다. 외모로 매일 인신공격을 받다 보니 자존감은 바닥을 쳤고, 훈련소에 있는 동안 '왜 이렇게 못나게 태어났을까?'라는 자기 비하를 했었다.

오페라 하우스 지하에 숨어 사는 천재 음악가 '오페라의 유령'은 흉측한 얼굴을 감추기 위해 얼굴을 마스크로 가린 채 프리마 돈나 '크리스틴' 앞에 나타난다. 유령은 프리마 돈나를 발굴하고 성장시키는 과정에서 자신의 음악적 천재성과 예술적 취향을 전달하며, 그녀의 성장을 지켜보는 것이 삶의 이유였다. 그러나 그의 불완전한 자아와 얼굴에 난 상처 때문에 사람들 앞에 나서는 걸 두려워하고 지하층에서 홀로 지내왔다. 뮤지컬 〈오페라의 유령〉은 파리의 오페라 극장을 배경으로 하며, 오페라의 유령으로 불리는 남자의 이야기를 다룬다. 1986년 10월, 앤드루 로이드 웨버와 프로듀서 캐머런 매킨토시가 만든 뮤지컬 〈오페라의 유령〉은 영국 런던 웨스트엔드에서 초연되었다. 이 작품은 소설 〈오페라의 유령〉을 바탕으로 하며, 그 당시의 기술력을 이용하여 무대와 음악, 무용을 조화롭게 결합하여 대성공을 거두었다. 미국 뉴욕 브로드웨이에서 35년 만에 막을 내리게 되었는데, 마지막 무대를 지켜보려는 팬들이 몰리면서 티켓 가격이 폭등했다.

〈오페라의 유령〉을 보기 위해 부산으로 향했다. 크리스틴 역을 맡은 송은혜 배우의 연기를 보지 못해 아쉬움으로 남았다. 그녀는 Mnet 〈너의 목소리가 보여〉에 출연하여 뮤지컬 〈오페라의 유령〉의 〈The Phantom of the Opera〉를 불렀다. 뮤지컬 〈엘리자벳〉 앙상블로 데뷔 이후 두 번째 작품에서 주인공 역을 맡게 되었다. 앙상블 배우도 엄청난 경쟁률을 뚫어야 한다는 사실을 몰랐었다. 뮤지컬 〈오페라의 유령〉은 우리나라에서 초연했을 때도 신인 배우에게 기회를 준 작품이었다. 갑작스럽게 주인공으로 발탁된 크리스틴처럼. 그때 당시 신인 배우는 김소현 배우였다. 그녀의 미니 콘서트 〈Always there〉를 관람하고 느낀 점은 이 작품에 대한 애정이 느껴졌다. 송은혜 배우의 연기를 보고 싶은 마음에 서울 샤롯데 씨어터에서 하는 공연도 예매하게 되었다. 프리마 돈나 크리스틴을 보기 위해. 기회가 된다면 가능한 많은 작품을 관람해 볼 계획이다.

꿈결에 다가온 노래소리
날 불러들이는 그 목소리
눈 앞에 펼쳐진 그의 환상
The Phantom of the Opera
이젠 내 맘속에

나 함께 부르는 이 노래에

거대한 선율이 널 감싸네

피할 순 없으리 이 운명을

The Phantom of the Opera

《뮤지컬 〈오페라의 유령〉 'The Phantom Of The Opera' 가사 中》

앙상블은 작은 역할을 맡으며 무대를 채워 주는 존재이지만, 그들은 뮤지컬 배우로서 실력을 갖추고 있음에도 아직 떠오르지 않은 별들이다. 앙상블 활동을 하면서 열심히 연습하고 노력하여도 기회를 얻기란 쉽지 않다. 기회를 잡기 위해선 새로운 시도를 계속해 나가는 용기와 인내력이 필요하다. tvN 〈더블 캐스팅〉 경연 프로그램은 앙상블 배우들이 참여하여 노력과 열정으로 자신의 실력을 증명할 수 있는 TV 방송 프로그램이다. 이 프로그램은 주목받지 못했던 뮤지컬 배우들에게 또 다른 무대의 주인공이 될 기회를 제공하며, 심사위원들이 멘토가 되어 주기도 한다. 그들의 조언과 지도를 받으며 배우들이 성장하는 과정을 보며 마음이 뭉클해졌다.

예술 분야에서 열정과 노력은 중요하지만, 외적인 부분도 경쟁력의 한 부분이기에 자기관리를 철저히 해야 한다. 뛰어난 실력과 외모를 갖춘 배우는 이미 많기 때문에 대극장에서 개막하는 뮤지컬의 오디션은 평범한 외모를 가졌다면 기회조차 주어지지 않는 게 현실이다. 성공적으로 흥행하기 위해서는 이름만 들어도 알 수 있는 배우들이 캐스팅되는데, 무명인 배우가 대극장에서 주인공 역을 맡기란 쉽지 않다. 인생이란 게 희망의 불꽃을 지키기 위해 앞으로 나가는 것이 아닐까? 나 역시도 조금이나마 작가로서 유명해지길 바라는 평범한 사람 중 한 사람이다. 콤플렉스가 많은 남자는 오늘도 홀로 글을 쓰고 있다. 나처럼 생각이 많은 사람은 글을 쓰며 자존감을 높일 수 있다. 독자들이 이 책을 읽고 글을 쓰는 계기가 된다면 나에게는 특별한 경험이 될 것 같다. Write for me.

제3장

화려함이 주는
감동

1.

살아 있는 강한 느낌 – 〈지킬 앤 하이드〉

처음 본 뮤지컬이라 그런지 애착이 가는 작품이다. 선과 악의 경계선에 선 인물을 탐구할 수 있었다. 인간의 추잡한 모습, 악랄한 악행, 앞뒤가 다른 모순된 행동 등 사람은 어디까지 타락할 수 있는지 보여주는 것 같아 씁쓸했다. 대부분 권력에 취해 타인의 삶을 짓밟는다. 그런 인물을 찾아가 복수하는 통쾌한 복수극이지만, 지킬의 자아가 잠들 때 하이드가 몸을 지배해 버린 상태에서 연민을 느꼈던 루시마저 죽이는 장면이 안타까웠다. 빠른 스토리 전개와 강렬한 작품을 선호하는 사람에게 추천해 본다.

뮤지컬에 제대로 빠지게 되었다. 좋아하는 일을 위해 떠난다는 것은 낭만적인 일이다. 뮤지컬 〈오페라의 유령〉을 보기 위해 새벽 일찍 일어나 부산에 내려갔다. 뮤지컬 배우들의 열정을 느끼며 또 다른 꿈을 찾기 위해 대극장으로 향했다. 미국의 사진작가 만 레이는 이런 말을 남겼다. "꿈을 기록하는 것이 나의 목표였던 적은 없다. 꿈을 실현하는 것이 나의 목표이다." 최근 버킷리스트에 적은 꿈이 있는데, 현 상황에서 이루기 어려운 꿈처럼 느껴지지만, 의미 있는 곳에 좋은 일을 하고 싶었다. 종이에 적은 것만으로도 내일이 기대된다. 꿈이 없었던 시절은 내일이 다가오지 않길 바라기도 했었고, 기대가 되지 않았던 것 같다. 만약, 지금도 꿈이 없었더라면 방향성을 잃은 채 시간을 보내고 있었을 것이다. 사람은 목표가 있어야 끊임없이 노력하고, 목표가 없다면 마음이 뜨거워지지 않는다.

회사 생활이 즐거웠던 적이 있었다. 성장하며 배울 수 있다는 부분에서 감사함을 느꼈지만, 잦은 야근과 회식 때문에 피로가 쌓였다. 또한 부정적인 사람과 더 이상 일을 하고 싶지 않았다. 사람에게 질린다는 게 이런 기분이구나 싶었다. 이직이 잦은 직업이기에 퇴사하여도 아쉬운 부분이 없었다. 오히려 글을 자유롭게 쓸 수 있는 환경으로 옮길 계획을 세웠다. 학생들 앞에서 강의하는 목표로 활동하고 있다. 학교에 제안서도 보내 보고 직접 찾아가서 명함과 책을 학년 부장 선생님에게 드리며 이시헌이란 사람을 홍보하고 돌아왔다. 교무실이란 곳이 아직도 두려운 공간처럼 느껴진다. 선생님에게 크게 혼났던 적은 없었지만, 굳이 들어가지 않으려 했던 곳이었다. 학교에서 존재감 없던 학생이었는데, 누군가 앞에서 강연하는 내 모습을 머릿속에서 그리고 있다. 거울 앞에서 강연 연습을 하며 이렇게 말했다. "내성적인 성격이라고 해서 기죽지 말아요. 지금은 이대로 걸으세요. 가슴이 막 뜨겁고 바뀌고 싶을 때가 올 거예요. 그때 세상에 말하면 돼요. 더 이상 소극적으로 살지 않을 것이라고." 어떤 마음가짐으로 행동하냐에 따라 마음이 뜨거워지기도 하고 차가워지기도 한다. 확실한 건 열정이 식으면 모든 게 귀찮아진다. 그럴 때마다 뮤지컬 음악을 들었다. 목표를 이루기 위해선 가슴이 뛰어야 했다.

회사를 또 그만둬야 하나 고민이 많아졌다. 위탁사 소속인 나는 올해 초 재계약을 연장하느라 몸과 마음이 지쳐 퇴사하였다. 그런데 취업한 곳도 재계약을 앞둔 회사란 걸 6개월이 지나서야 알게 되었다. 아마 위탁사는 교체될 것 같다. 동대표들은 3년 재임하면서, 위탁사는 1년마다 바꾸는 게 마음에 들지 않았다. 동대표 재임을 위해 세대에 일일이 방문해 서면결의서 찬성표를 받아오는데, 누굴 위해 일하는 건지 모르겠다. 계약 만료 통보를 받아도 새로운 회사에서 손을 내밀면 실업급여 수급대상이 아니다. 내년 초 새로운 직원들로 물갈이되면 가이드 역할만 하다가 버려질 카드라는 걸 알기에 머리가 아플 수밖에 없었다. 퇴직금도 못 받고 버려질 부속품이란 게 서러웠다.

회사를 앞으로 안 다닐 것처럼 퇴사하는 사람을 종종 볼 수 있었다. 고민 끝에 내린 결정이겠지만, 새로운 직원을 구할 시간도 주지 않고 통보만 하고 나간 것이었다. 퇴사하기로 마음먹었다면, 아무래도 업무 집중도는 떨어질 수밖에 없다. '일태기'란 게 오면 그럴 수 있지만, 어찌 됐든 마지막까지 최선이 아니더라도 기본은 지켜야 된다. 태도는 나이를 떠나 그 사람의 됨됨이를 짐작할 수 있다. 비자발적 사유로 퇴사 예정인 상사가 있었다. 그런 상황에서 누가 업무를 하고 싶겠는가. 퇴사를 앞둔 사람에게 불만 가득한 직원이 있었는데, 토씨 하나 안 빼고 하소연을 다섯 번 정도 들었더니 속으로 '적당히 좀 해라'라는 생각이 들었다. 퇴사 직전 인수인계만 잘해도 문제가 될 건 없다고 보는데, 남을 그렇게 흉보던 직원이 퇴근 10분 전 퇴사를 하게 되었다고 동료 직원에게 말하고 퇴근했다. 그것도 같이 지냈던 시간이 6년. 제대로 된 인수인계 없이 떠난 것이었다. 다음 날 출근해서 그 사실을 알게 되었다. 열정이 있어야 끝까지 하는 성격이라면 마음가짐이란 게 중요하다. 인간의 마음가짐은 기분에 따라 쉽게 변할 수 있다. 그러나 그것이 나쁘다고 생각하지 않는다. 가치관이 다를 뿐이다.

어떤 상황이든 배우는 게 있다. 부족했던 부분을 인정할 때 성장할 수 있었던 것 같다. 배울 수 있는 현장에 가거나 배울 수 있는 사람을 만날 때 이전과 다르게 행동하려 했다. 예전으로 돌아가려는 습성이 무섭다고 해야 할까. 전과 다르게 행동하더라도 열정이 식게 되면 계획했던 일을 미루었다.

내 눈앞에서 변해가는 찬란한 빛깔
영롱한 붉은 꽃 내 마음을 유혹해
이 어둠 속에서 내게 빛을 던지네
다 잘 될 거야 기다려보자
시간만이 증명할 테니

《뮤지컬 〈지킬 앤 하이드〉 'The Transformation' 가사 中》

지킬은 선한 마음, 하이드는 악한 마음이 서로 뒤바뀌며 비극의 시작을 알린다. 누구나 한 번쯤 불확실한 미래를 두려워한다. 이런 어려움을 극복하고 나아가는 것이 쉽지 않지만, 한 방향으로 나아가야 한다. 때론 '내가 할 수 있을까?' 이런 두려움 때문에 망설여진 적이 많았다. 불안이란 감정에 휩싸였다가도 작은 희망을 품어 봤다. 어려운 순간이 올 때마다 거울을 보며 말해 본다. "다 잘되겠지, 기다리다 보면 새로운 길이 열릴 거야."

2.

함께 꿈꿀 수 있다면 - 〈프랑켄슈타인〉

뮤지컬을 관람하며 느꼈던 감정을 블로그에 기록해 둔다. 배우들의 연기, 무대 디자인, 의상 등 기억에 남는 장면을 적어두는 편이다. 시간이 지난 후 다시 읽어 보면 그때 느꼈던 감정이 떠오르기도 했다. 솔직한 감정을 글로 옮길 때 동기부여가 됐다. 그러나 꿈을 이루기 위해 글을 쓰고 있지만, 두렵다는 생각이 든다. 꿈을 향해 나아가는 과정에서 두려움을 느끼는 건 자연스러운 일인 듯하다.

전 직장 상사에게 연락이 왔다. 이야기를 나누던 중 그동안 준비하던 자격증 취득 소식을 듣게 되었다. 옆에 있던 회사 사무실 직원과 서로 정보를 주고받으며 전기산업기사 자격증을 취득하였고, 옆 사무실 직원들은 공인중개사, 특급 소방안전관리자 자격증을 각각 취득했다. 대단하다는 생각이 들었다. 다음 목표도 세웠다는 이야기를 듣고 그동안 나는 무엇을 했지 이런 생각이 들었다.

내 관심사는 블로그를 통해 마케팅 방법을 터득하는 것이다. 독서 모임에 참석해도 관심사가 비슷한 사람을 만나지 못했었다. 부동산 경매에 관심 있는 사람이 대부분이라 블로그 도서는 흥미를 느끼지 못하는 모양이었다. 블로그로 마케팅하는 사람들이 있는 모임에 가입했다. 그동안 블로그를 키워야겠다는 생각을 하지 않았는데, 관심사가 비슷한 사람을 만났더니 의욕이 불타올랐다. 어떤 분은 내 블로그의 방향성을 설정해 주었다. 어떤 사람을 만나냐에 따라 내 삶이 조금씩 달라진다.

글쓰기 카페에 올라오는 글을 보면 뒤처지는 것 같았다. 두 번째 책은 좀 더 쉽게 집필할 줄 알았는데, 첫 번째 책을 집필하고 약간의 오만함이 있었나 보다. 잠시 길을 잃을 때도 있었지만, 작가의 꿈을 가진 사람들과 글을 공유하며 의지를 다시 불태울 수 있었다. 경험이 다르더라도 꿈은 같았다. 작가로서 걷는 이 길이 외로울 때도 있다. 회사 직원들에게 글을 쓴다고 말하면 "돈도 안 되는 일을 왜 하냐?"고 묻는 사람도 있었다. 하지만 동료 작가들은 힘든 일이란 걸 알기에 격려해 주었다.

뮤지컬 〈프랑켄슈타인〉 작품을 세 번 관람했는데 인생 뮤지컬로 꼽는다. 작품 속 인물 앙리 뒤프레는 동료애를 넘어 빅터의 죄를 대신하여 단두대에 오른다. 앙리는 마지막으로 "너의 꿈에 살고 싶어"라며 말한다. 힘든 시기에 곁에서 응원해 주는 사람이 있다는 건 큰 축복이다. 따뜻한 말과 응원은 마음에 힘을 실어 주고, 계속 나아갈 수 있는 용기를 샘솟게 해 준다. 어릴 적부터 내 곁에서 누군가 응원해 주길 간절히 바라왔다.

> 너와 함께 꿈꿀 수 있다면
> 죽는대도 괜찮아 행복해
> 내가 가진 모든 걸 버리고
> 너의 그 꿈 속에 살 수 있다면
> 나약했던 내 과거를
> 모두 잊고 너와 함께
> 새 세상을 상상할 수만 있다면 난
> 너의 꿈에 살고 싶어
>
> 《뮤지컬 〈프랑켄슈타인〉 '너의 꿈속에서' 가사 中》

　비슷한 꿈을 가진 사람을 만나야 한다. 지치고 힘들어도 옆에서 용기를 주는 사람이 있다는 것만으로도 힘이 난다. 성장하기 위해 노력해도 '나 홀로 성장'은 끝까지 해내는 게 쉽지 않다. 자기계발을 하는 사람이라면 알겠지만, 자신과의 싸움이기에 지친 날이 많았을 것이다. 평소 배우고 싶은 것들이 많아 배움이 있는 곳이라면 어디든 가는 편이다. 확실한 건 타인에게 느꼈던 감정이 좋을 수만은 없다. 나와 정반대인 사람을 만날 때 자극제가 될 때도 있었다. 약간의 실패와 좌절했던 경험이 좋은 자극제가 된 것처럼.

　타인과 경험을 공유하며 독서 토론을 한다거나 블로그를 통해 다양한 분야에서 지식을 얻고 소통하는 방법이 있다. 토론을 통해 서로의 관점을 이해하고 새로운 인사이트를 얻었다면 그 경험을 노트북에 기록해 두는 것이 좋다. 블로그는 관심사가 비슷하지 않더라도 소통할 수 있다는 장점이 있다. 이웃들과 일상을 공유하는 플랫폼으로 새로운 정보를 얻게 된다. 꿈이 깃든 책을 읽으며 꿈을 키워 왔다. 그 결과 꿈을 오랫동안 간직하게 되었다. 꿈이란 게 거창할 필요가 있을까? 거창한 꿈이 아니더라도 더 나은 삶을 살아갈 수 있다.

어떤 일이든 시도하는 것이 첫걸음이다. 새로운 경험을 통해 꿈을 꾸며 성취감을 느끼면서 내 과거를 조금이라도 잊게 해 줬다. 계속해서 도전하다 보면 좋은 방향으로 나아갈 것이라 믿는다. 동료 작가들을 만나게 되면 많은 것을 배울 수 있었다. 책을 여러 권 집필한 작가님들과 교류하며 서로 꿈을 응원했다.

새로운 목표를 이루기 위해 학교에 보낼 강연 제안서를 작성해야 했다. 회사 생활을 하면서 제안서를 작성해 본 적이 없었기에 인터넷을 검색하였다. 하지만 결제해야 하는 게 대부분이었고, 무료로 다운받아도 참고할 만한 자료가 많지 않았다. 블로그에서 정보를 얻고 싶었지만, 아쉽게도 아이디어를 얻을만한 게 없었다. 초등교사이며《조금 다른 인생을 위한 프로젝트》저자 백란현 작가에게 조언을 구했다. 업체가 보낸 제안서를 참고하니 도움이 되었다. 사전에 작성한 제안서는 기관에 보내기 민망한 수준이라, 〈미리캔버스〉 플랫폼에서 양식을 참고하여 제안서를 다시 작성했다.

인간관계를 지키려고 노력했던 적이 있었다. 마음을 터놓는 사이라도 영원하지 않다. 한번 신뢰가 깨지면 회복하기 힘들다. 깨진 유리잔을 접착제로 붙여도 실금이 남기 때문에 언제든 틈이 벌어질 수 있다. 취미나 관심사를 공유할 수 있는 모임에 참석하거나 외부 활동에 참여하면 새로운 사람을 만날 수 있다. 의심이 많고 현실적으로 생각하는 편이라, 사람이든 물건이든 관심이 없으면 쳐다도 안 보는 편이다. 인간관계를 형성할 때 알아가는 시간이 어느 정도 필요할 것이다. 갑자기 연락이 끊어져도 이상하지 않은 게 인간관계라고 말한다. 새로운 사람을 만날 때 배울 점이 있는 사람에게 끌리는 편이다. 또한, 내가 하는 일을 응원해 주는 사람에게 호감이 생긴 적도 있었다. 뮤지컬 〈프랑켄슈타인〉에서 앙리 뒤프레는 빅터가 어려운 상황에 놓였어도 곁을 떠나지 않았다. 그가 꿈꾸던 일을 해낼 수 있을 거라는 믿음이 있었다. 내 주위에 어떤 사람이 있냐에 따라 내일은 달라진다. 오늘도 함께 꿈꿀 수 있는 사람을 늘 기다리고 있다.

3.

누군가와 함께 하고 싶어서 - 〈아이다〉

뮤지컬 작품 속 인물들은 운명처럼 만나 애틋한 사랑 이야기를 펼친다. 그러나 비극적인 결말로 무대 막이 내리는 작품도 많다. 사랑은 복합적인 감정이 모여 하나가 되는 것이 아닐까. 때론 행복과 아픔을 나누고 서로를 이해하는 과정에서 그 사람을 천천히 알아갈 수 있다. 배우자를 만나기 위해 결혼정보회사를 알아보는 사람도 있을 텐데, 첫 만남부터 결혼까지 단 3일 만에 결정한 커플도 있었다. 가족이나 지인 소개로 만나더라도 외모, 재력, 학벌, 집안 등 아무것도 재지 않고 만나는 사람은 없을 것이다. 첫 만남부터 결혼까지 단 3일 만에 무엇을 가장 먼저 봤을까? 가치관, 성격, 외모도 중요하지만, 재력을 안 볼 수가 없다. 결혼에 대한 주제로 운영하는 유튜브 채널을 봤는데, 여자가 돈 없는 남자랑 결혼하지 않는 이유는 결말이 뻔히 보이기 때문이었다.

뮤지컬 〈아이다〉를 보게 되었다. 전쟁이 최고조로 달했던 시대 속에서 이루어지기 힘든 사랑 이야기를 다룬 뮤지컬이었다. 무대 막이 오르고 박물관에서 두 남녀는 알 수 없는 이끌림에 끌리게 된다. 전생에 이집트 안에 갇혀 버린 라마데스와 아이다 얼굴인 두 사람이었다. 이 뮤지컬은 생각보다 화려하지 않다. 고대 이집트 문명을 상징하는 피라미드, 거대한 신전, 스핑크스 등 무대 장치에 투자할 법도 한데, 대부분 현수막으로 무대를 제작했다. 그나마 돈을 쓴 것처럼 보인 공간이 박물관이었고, 작품 첫 장면과 마지막 장면에 나온다. 무대 장치는 아쉬웠으나 '운명'을 다룬 스토리와 넘버는 마음에 들었다.

고대 왕국 이집트 여왕이었던 암네리스와 그 이웃 나라였던 누비아 공주 아이다, 라다메스는 이집트의 전쟁 영웅이며, 아이다를 전쟁 포로로 잡게 된다. 아이다가 공주임을 알 리 없는 라다메스는 아이다에게 점점 사랑하는 감정이 생기게 되고, 모든 것을 버리면서까지 그녀를 도우려 한다. 사랑이란 감정이 생기면 상대방을 챙겨 주고 싶은 마음이 커진다. 주인공 아이다가 모든 걸 잃고 힘들어할 때 라다메스는 끝까지 그녀의 곁을 지켜 줬다.

이집트 장군 라다메스는 포로가 된 누비아 공주와 그 백성을 위해 재물과 음식을 제공하고, 탈출할 수 있도록 계획을 세운다. 모든 남자가 그러는 건 아니지만 좋아하는 마음이 커질수록 주고 싶은 것도 많아진다. 어렸을 때는 몰랐다. 사랑이 밥을 먹여 주는 것이 아니라는 것을 서른 살이 되어서야 깨달았다. 물론, 속물도 아니고 사랑을 돈으로 할 수 있냐고 묻는 사람도 있겠지만, 중요한 건 내가 능력을 갖춘다면 선택할 수 있는 폭이 넓어진다는 것이다. 영국의 소설가 아이리스 머독은 이렇게 말했다. "사랑은 자신 이외에 다른 것도 존재한다는 사실을 어렵사리 깨닫는 것이다." 운명을 뛰어넘는 사랑은 현실과 거리가 멀어 보이지만, 이런 내용의 뮤지컬을 관람하면 몰입하며 보는 편이다. 게다가 노래까지 슬프니 감정이입이 잘됐던 것 같다.

결혼정보회사는 사람을 등급으로 나누는데, 일반인도 사람을 볼 때 외모나 직업을 점수를 매기는 사람이 있다. 서른 살이 되면 누구나 결혼을 하는 줄 알았다. 결혼은 보통 남자가 주도적으로 진행하는 경우가 많다. 안정적인 직장을 다니고, 부유한 집안이라면 배우자로 합격점이다. 성격은 그다음이라 생각한다. 현실적으로 성격이 좋아도 재산과 직업이 없다면 매력적으로 느껴지지 않을 것이다. 상대방에게 무엇이든 채워 줄 수 있는 사람이 되기 위해선 무엇을 해야 할까. 굉장히 오랜 시간 고민을 했던 것 같다. 우선 내가 아쉽지 않은 사람이 되어야 했다.

사랑을 실패한 경험도 많지만, 시작도 하기 전에 자존심이 무너진 날이 있었다. 회사 옆 사무실에 사원으로 들어 온 여직원이 있었다. 사무실이 바로 옆에 있다 보니 하루에 한 번씩 인사 정도 나누는 게 전부였다. 감사하게도 과자나 커피를 받은 후 온갖 상상의 나래를 펼쳤다. 그러던 어느 날, 경비원 아저씨가 나를 부르더니 이런 말을 했다. "이 기사 사람은 넘봐서 안 되는 것이 있어, 자신보다 등급이 낮은 사람을 만나는 게 오히려 좋아." 태어나서 처음으로 느껴보는 모멸감이었지만, 아무런 반박을 할 수 없었다. 자신감도 부족한 상태였고,

누구를 만날 처지도 아니란 것을 잘 알았기 때문이었다. 만약, 집안이 어느 정도 부유했다면, 이런 말을 듣고 그 자리에서 정색했을지도 모른다. 어찌 됐든, 주인공처럼 상대방을 위해 모든 것은 아니더라도 일부를 줄 수 있는 능력을 기르고 있다.

뜨겁게 사랑했던 사람이 차갑게 "헤어지자"라고 말한다면 받아들이기 어려울 수 있다. 누군가를 진심으로 사랑하고 믿었는데, 일방적인 이별 통보에 상처로 남게 된다. 사랑이란 게 참 어려운 것 같다. 상대방과 마음이 같을 수 없기에 싸우기도 하고 헤어지기도 한다. 경제적인 부분 때문에 결혼을 미루거나 포기하는 사람도 있을 것이다. 결혼을 앞둔 커플이라면 모두가 설레고 행복할 것처럼 보이지만 신혼집 장만과 혼수 문제로 집안끼리 다투거나 의견 대립으로 파혼으로 끝날 수 있다. 연애만 생각하고 만나는 것과 미래를 생각하며 만나는 건 차원이 다르다. 연애는 감정에 중점을 두고 만날 수 있으나 결혼은 앞으로 함께 살아갈 수 있을지 머릿속으로 그리게 된다. 현실적인 장벽에 부딪히게 되면 미래가 잘 그려지지 않을 수 있다. 솔직히 사랑도 어려운데, 결혼이란 건 전혀 감이 안 온다. 오죽했으면 결혼이란 주제로 글 한 편 작성하는데, 일주일이나 흘러버렸다. 확실한 건 결혼식을 올리는 비용만 해도 중형차 한 대 값은 있어야 한다.

운명을 믿고 싶은 부분도 있지만, 사람을 만날 때 현실적으로 생각하는 부분이 더 많은 편이다. 두 사람만 생각할 게 아니라 늘어날 가족도 생각하게 된다. 생계를 유지하고 가족을 부양하는 것은 매우 중요한 문제이며, 결혼은 누군가를 책임져야 할 부분이 있다. 경제적 상황이 어려운 젊은 커플이 결혼을 미루거나 포기하는 현실이 아프기도 하지만 와닿는 부분이 더 컸다. 앞으로 누군가와 어떤 길을 걸을지 모르겠지만, 그 사람이 나를 만나 행복한 감정을 느끼게 해 주고 싶다. 그러기 위해선 지금보다 더 나은 삶을 살기로 마음먹었다.

4.
오직 나만 할 수 있는 일 - 〈데스노트〉

막강한 권력은 세상을 바꿀 힘이 있다. 일론 머스크가 설립한 스페이스X가 만든 스타링크는 지구 표면에서 약 550km 떨어진 저궤도에 수천 개의 통신 위성을 띄워 전 세계에 인터넷을 연결할 수 있는 저궤도 통신망이다. 최근, 전쟁 개입 논란으로 비판을 받은 가운데 한 사람이 전장의 판도를 바꿀 수 있는 핵심 기술을 개발한 것이다. 세상을 바꿀 수 있다는 건 막강한 권력이며 부정적인 방향으로 흘러갈 수 있다. 세상은 내 의지와 상관없이 흘러가지만, 내 인생의 목적지를 향해 운행해야 한다. 오직 나만 할 수 있는 일이다.

뮤지컬 〈데스노트〉 작품 스토리는 주인공이 데스노트라는 노트를 얻곤 세상을 구원하려 했지만, 그 힘을 본래 목적에 어긋나게 사용하다 그 힘을 빌려준 사신에게 죽고 만다. 일본 애니메이션을 원작으로 만든 작품이고, 라이선스 뮤지컬로 흥행에 성공했다. 무대 장치, 연출, 배우, 음악 등 모든 면에서 만족도가 높았기에 또 보고 싶은 작품이기도 하다. 무대 장치 그리고 LED 조명이 콘서트를 보는 것 같았다. 그렇지만 평이 엇갈리는 것은 어쩔 수 없나 보다.

　글을 쓴다는 게 쉽다고 생각했던 적이 있었다. 새벽까지 글을 쓰고 출근해도 버틸 만했는데, 지금은 그렇게까지 못하고 있다. 누군가 대신 글을 써주는 것이 아니기에 "오직 나만 할 수 있어"라는 노래 가사가 와닿았다. 저서를 두 사람에게 선물했는데, 한 사람은 만류에도 불구하고 솔직하게 이야기해 줬고, 책을 읽지 않을 것 같은 사람이 오히려 좋은 평을 해 줬다. 글을 쓴다는 건 무대 위에서 연기하는 것과 같다. 독자나 관객들의 마음에 들어야 하기 때문이다.

　똑같은 에피소드를 반복할 수 없기에 다양한 경험을 쌓으려 노력하는 편이다. 처음에는 몰랐는데 계속 글을 쓰기 시작하면서 책임감을 느끼게 되었다. 커리어를 쌓는 것도 중요하겠지만, 정확한 정보를 독자에게 전달해야 하기 때문이다. 잘 쓰고 싶은 욕심도 있었지만, 실수 없이 쓰고 싶은 마음이 더 커졌다. 연기자들은 자신의 커리어를 쌓기 위해 연기를 하겠지만 공연을 관람하러 온 관중들을 위해 연기한다. 작가도 경력을 쌓기 위해 여러 권의 책을 집필하겠지만 독자를 위해 글을 쓸 것이다.

　유명 가수가 노래를 부른다고 하더라도, 감동적이지 않을 수 있다. 뮤지컬 작품도 마찬가지로, 유명 배우가 배역을 맡아도 흥행에 실패하기도 한다. 같은 역할이더라도 매진되는 배우가 있으며, 좌석이 많이 비는 배우가 있을 수밖에 없다. 다른 배우보다 표가 안 팔리면 속

상하거나 자존심이 상하는 부분도 있을 것 같다. 물론, 실력 차도 있겠지만, 그 배우를 응원하는 팬덤 형성도 중요한 부분이라, 아이돌 출신 가수가 배우로 데뷔하는 경우도 있다. 팬덤이 형성된 가수라면 흥행 보증 수표인데, 제작사는 그의 팬들이 좌석을 채워주는 것을 기대하기 때문에 연기 경력이 없어도 캐스팅하는 것이다.

무대에 오르는 건 자신만이 할 수 있는 일이며, 배우들은 목 컨디션을 유지하기 위해 주변 환경을 최대한 신경 쓴다. 실생활에도 목을 많이 사용하게 되면 목의 피로도가 높아진다. 배우도 사람이기 때문에 독감에 걸리면, 공연 당일 배우가 갑자기 바뀌거나 취소되는 경우도 있다. 그렇기에 주인공을 맡은 배우가 컨디션 관리를 못 하면, 다른 배우들에게 피해를 줄 수 있는 상황이 생긴다. 주인공을 맡는다는 건 막중한 책임감과 부담감을 견뎌내야 맡을 수 있을 것 같다.

인생이란 무대에서 1막 후반부를 달리고 있다. 1막 후반부는 중요한데, 2막 개연성과 연결되기 때문이다. 주인공은 우여곡절 끝에 인생의 전환점이 찾아오거나 실패를 맞이한다. 실패가 아닌 성공이란 주제로 글을 쓰는 사람이 되기 위해선 어떤 일이든 해 봐야 했다. 사업을 해 본 적이 없기에 영업을 해 본 적이 없다. 글을 쓰는 사람이지만, 책을 홍보하는 역할도 하는 시대였다. 책이 출판되면 적극적으로 홍보하는 작가들을 볼 수 있었다. 오직 나만 할 수 있는 일을 찾았다. 직접 책을 팔기 위해 책을 포장하여 길거리에 나선 적이 있었다. 다섯 권의 책을 직접 팔아볼 셈이었다. 멘트는 어설펐지만 간절했었다.

"베스트셀러 작가가 되고 싶은데, 책 한 권 읽어 주실 수 있나요?" 길 가는 사람을 붙잡고 말을 걸어 부탁하였다. 처음에는 한강 공원에 가서 책을 팔아볼 생각도 가졌었다. 감사하게도 한 분에게 현금을 받아 책을 팔았고, 또 다른 분에게 계좌이체로 책 두 권을 팔았다. 연속으로 두 번 성공했더니 자신감이 넘쳐났다. 금방 베스트셀러가 될 거란 기대감이 부풀어 올랐다. 하지만 그 이후 네 시간 넘도록 돌아다녔지만, 책이 팔리지 않아 포기했다. 잠시 스쳐 간 인연이었지만, 모르는 사람에게 시간을 내어준 것만으로도 감사한 일이었다.

자신감이 넘치면 오만해질 수 있다. 겸손한 마음으로 쓰다 보면 자신감이 부족해 보이고, 가르치는 것처럼 쓰게 되면 독자들의 미간에 주름이 생길 것이다. 글을 쓸 때 누군가에게 도움을 줄 수 있는 경험이 있다는 건 장점이 될 수 있다. 다른 사람들이 궁금한 정보를 블로그에 공유하고 있는데, 경험했던 정보를 전달하는 글은 쉽게 쓸 수 있었으나 경험하지 않았던 일을 전달할 때는 더 많은 시간이 소요되었다.

초고는 쓰레기라는 말이 있는데, 지우고 수정하다 보면 분량이 줄어든다. 그러면 마음이 조급함을 느낀다. 다시 채울 수 있는 건 오직 나만 할 수 있는 일이었다. 글을 누군가 대신 써주지 않기 때문이다. 본인이 할 수 있는 일을 파악하고 있다는 건 현명한 결론을 내릴 수 있는 사람일 것이다. 내 인생을 누군가 대신 살아주진 않는다. 그렇기에 주변 사람에게 휘둘릴 필요는 없다. 솔직히 악평이란 게 익숙하지 않다. 내가 한 행동, 내가 쓴 글을 불편하게 생각하는 사람이 더 많다는 걸 알면서도 늘 두렵다. 이것을 이겨 내야 한다는 것도 너무나 잘 알고 있다.

자신이 보고 있는 세계관을 객관적으로 볼 필요가 있다. 그동안 내가 알고 있던 세상은 좁았다. 어떤 경험이든 중요했다. 직접 해 보고 부딪혀 봐야 결과를 알 수 있었다. 이런 과정과 도전이 없었다면 다른 사람이 만든 세계관에 갇혀 평생 빠져나오지 못했을 것이다. 굳이 꺼내지 않아도 되는 이야기보따리를 풀고 있는데, "너무 솔직하게 쓴 거 아니야?"라는 말을 들으면 오히려 더 솔직하게 글을 쓰려 했다. 물론, 후회로 남을 수 있겠지만, 다른 사람이 어떻게 생각하든 내가 쓰고 싶은 이야기를 담고 있다. 글을 쓰는 삶은 날마다 새로운 무대 위에서 연기하는 것 같았다. 인생 2막에서 작품 활동을 이어나가고 있다.

5.
하얀 구름 포근한 솜털과 같아 - 〈웃는 남자〉

　뮤지컬 〈웃는 남자〉는 17세기 영국, 아이들을 납치해 기형적인 괴물로 만들어 귀족들의 놀잇감으로 팔던 인신매매단 콤프라치코스에 의해 기이하게 찢겨진 입을 갖게 된 어린 그윈플렌은 매서운 눈보라 속에 홀로 버려진다. 추위 속을 헤매던 그윈플렌은 얼어 죽은 여자의 품에 안겨 젖을 물고 있는 아기 데아를 발견하고 우연히 떠돌이 약장수 우르수스를 만나 도움을 청한다. 우르루스는 평소 인간을 혐오하지만 두 아이를 거두기로 결심하고 그윈플렌의 기형적인 얼굴과 앞이 보이지 않는 데아의 이야기를 이용해 유랑극단을 꾸린다.

　주인공 데아는 눈이 보이지 않아 그윈플렌이 대신 눈이 되어 세상을 아름답게 그려준다. 하얀 구름을 볼 수 없지만, 포근한 솜털과 같고, 밤하늘에 떠 있는 별은 마치 흩어진 모래알 같다며 노래한다. 평소에 어떤 말을 듣고 자라냐에 따라 세상을 긍정적으로 바라볼 것이다. 그윈플렌은 인신매매 집단 콤프라치코스에 의해 광대처럼 찢어진 입을 갖게 되었지만, 세상을 아름답게 바라봤기에 동생인 데아에게 행복을 그려 줄 수 있었다.

주인공 그윈플랜은 가난한 집안에서 태어난 줄 알았지만, 왕족의 혈통 출신으로 출생 비밀이 밝혀지며 왕궁으로 들어가게 된다. 집사 페드로의 거짓 정보로 데아는 오빠가 죽었다는 사실에 슬픔에 가득 차게 되고, 그윈플랜까지 속여 가족을 못 만나게 한다. 가난에서 벗어나 왕족이 되었지만, 이런 삶을 원한 것이 아니었다. 그저 하층민 사람들을 도구로 여기는 왕족들을 보며 분노하였고, 스스로 왕관을 집어 던지며 자리에서 내려오게 된다. 다양한 관점으로 세상을 바라보며 살아왔기 때문이었다.

심리학적으로 상처가 깊은 사람들은 보통 어두운색으로 그림을 그린다. 긍정적인 아이들은 대체로 화목한 가정에서 자랐을 텐데, 가정에서 어떤 사랑을 받고 자랐는지가 중요하다. 최근, 학교에 관련된 기사를 접하게 되면 마음이 아프다. 스스로 목숨을 끊는다는 게 생각은 쉬워도 행동으로 옮길 때까지 망설이고 고민한 모습이 머릿속으로 그려졌다. 학생들 앞에서 강연하는 모습을 상상하며 글을 썼는데, 내가 할 수 있는 영역이 아니란 생각이 들었다. 학부모에게 문자나 전화가 수시로 오는 것을 보고, 초빙한 강사를 문제 삼아 혹시나 누가 되지 않을까 조심스러웠다. 학교에서 배우는 것도 많겠지만, 아이들은 부모를 통해 보고 듣고 배우게 된다. 만약, 자녀를 갖게 되면 학습을 강요하지 않고, 공부하는 모습을 보여 줄 것이다. 아이들은 어른들의 거울이란 말이 있다. 자녀를 둔 부모를 보면 현실은 생각했던 것과 달랐다. 하지만 집에서 빈둥빈둥 노는 모습을 자녀에게 보이며 공부를 강요하고 싶지 않다.

검게 변해 버린 도화지에 아무리 밝은색으로 덧칠해도 하얀색으로 만들기 어렵다. 원고를 쓰지 않는 날이 많아졌는데, 글을 쓰지 않으니 부정적인 생각에 자주 빠지곤 했다. 뜨거웠던 열정이 식다 보니 긍정적인 에너지가 사라졌다. 마치 밝은 회색에서 점점 검은색으로 덧칠하는 것 같았다. 책을 읽고 글을 쓰게 되면 사람이 달라질 수 있다고 호언장담하였는데, 정말 글을 쓰지 않으니 제자리로 돌아오는 것이었다. 이전처럼 긍정적인 에너지가 빠져나가면서 내면은 어두운색으로 칠해지고 있었다.

어떻게 하면 인생이 선명해질 수 있을지 고민하는 편이다. 에세이, 소설, 자기계발서 등 분야를 가리지 않고 글을 쓰고 싶었다. 첫 번째 저서 《인생을 쇼핑하는 남자》는 동기부여가 되는 글귀를 썼고, 두 번째 책은 뮤지컬 작품 속 주인공처럼 성장 과정을 글로 남겼다. 주인공처럼 가난에서 벗어나더라도 내 것이 아닌 것에 욕심을 부리고 싶지 않다. 탐욕으로 가득 찬 사람들은 희생을 당연시하는 것 같다. 모든 사람이 그런 건 아니지만, 그 사람을 위해 일하였음에도 이용만 당할 수 있다. 자신을 탐구하고 책을 읽으며 세상을 바라보는 안목을 넓혀야 한다. 아무리 좋은 말을 해 줘도 사람은 쉽게 바뀌지 않는다. 주변 사람에게 자극을 받을 때 그동안 보이지 않았던 것들이 보이게 된다.

세상이 조금이라도 따뜻해졌으면 좋겠다. 서로를 이해하고 배려하는 마음으로 함께 살아간다면, 세상은 과연 따뜻해질 수 있을까? 누군가에게 선한 영향력을 주는 배우를 보며 나에게도 작은 꿈이 생겼다. 청년들에게 꿈을 주는 사람이 되고 싶었다. 공연 내내 대타 없이 각자 맡은 배역을 소화해야 하는 게 엄청난 부담감이지 않을까 생각했는데, 배우들은 하나의 도전이라 말했다. 뮤지컬 작품은 대사량도 만만치 않아 한순간도 긴장의 끈을 놓을 수 없다. 어떤 역할이든 긍정적인 태도로 작품에 임한다면 좋은 결과를 끌어낼 수 있다.

연기 지망생은 크든 작든 배역을 맡는 것만으로도 감사함을 느낀다. 어떤 사람은 꾸준히 배우로 활동하고 있는 동기들을 보며 그저 부러워할지도 모른다. 어떤 배역이든 열심히 하다 보면 다양한 배역을 소화할 수 있는 역량을 갖추게 된다. 배우들의 고민이겠지만 비슷한 역할만 들어오면 딜레마에 빠지곤 한다. 힘들더라도 그 노력과 열정이 관객들에게 강력한 메시지로 전해진다. 배우는 사람들에게 꿈을 꾸게 해 준다. 뮤지컬 배우를 보며 인생이란 무대에서 멋진 사람으로 살아가려 노력하고 있다.

'상상하면 이루어진다'라는 말이 추상적이란 것을 잘 알고 있지만, 미래가 좀 더 선명해지기 위해 스케치하고 있다. 동전의 앞면과 뒷면이 있듯이 사람에게는 긍정과 부정이 있다. 긍정은 희망과 기쁨, 사랑과 성취감을 상징하며, 부정은 두려움과 절망, 분노와 실패를 겪다 보면 느끼게 된다. 어떤 상황에서도 긍정적인 마음가짐을 가지는 것이 중요하다. 이것을 알면서도 실천하기란 쉽지 않다. 다양한 관점으로 세상을 바라볼 필요가 있다. '저 사람은 나랑 다르네'가 아닌 '저 사람은 이래서 이런 행동을 하는구나'라고 이해하면 세상을 보는 관점이 달라진다. 이런 태도가 타인에 대한 배려로 이어지고 서로를 존중하며 공존할 수 있게 된다. 가난에 허덕이는 사람들의 표정은 대체로 어두운 편이다. 어쩌면 내 표정도 그리 밝은 편은 아니다. 더 밝게 웃을 수 있었지만, 마음속 한구석에 불안과 걱정이 가득 찼기 때문에 늘 그러지 못했다. 자수성가한 사람들은 대부분 이렇게 말한다. "가난을 물려주기 싫어 노력했다." 어린 시절 가난으로 인해 웃지 못했던 날이 더 많은 사람도 있을 텐데, 인생의 2막 무대만큼은 웃는 날이 더 많아지길 바란다.

6.

내 운명에 당당히 맞설게 - 〈마타하리〉

이 작품을 관람한 지 일 년이 지났는데도 감정과 여운이 아직 남아 있다. 옥주현 배우의 무대를 충무아트센터에서 〈레베카〉라는 작품으로 연기하는 모습을 처음 보게 되었다. 1층 전 좌석이 매진됐고, 3층으로 예매하였다. 오페라글라스로 그녀의 카리스마 넘치는 표정을 담기엔 역부족이었다. 이번에는 무대랑 가까운 좌석으로 예매했다. 미국의 뮤지컬 작곡가 프랭크 와일드혼은 옥주현 배우를 위해 곡을 만들었다. 그녀가 부르는 노래는 힘차면서도 우아하다 말했다. 또한, "영혼을 담아 가사를 하나하나 해석하며 부른다는 것은 믿을 수 없다"라며 극찬했다. 작곡가가 그녀를 위해 만든 곡이기도 하고, 뮤지컬 작품 마타하리에서 옥주현 배우가 부른 〈마지막 순간〉은 평생 잊을 수 없을 것 같다.

마타하리는 제1차 세계 대전 기간 스파이로 활동한 여성이며, 제1차 세계대전 당시 프랑스 군사법원은 41세 여성 스파이 마타 하리에게 사형을 선고했다. 그녀는 이중 첩자로 활동하며 연합군의 고위 장교들을 유혹하여 독일군에 기밀을 전달했는데, 프랑스 당국은 이 정보가 연합군 5만 명의 목숨과 교환될 수 있는 고급 정보였다고 주장했다. 이 뮤지컬의 넘버 〈마지막 순간〉을 듣고 마스크가 축축해진 상태로 집으로 돌아갔다. 그날의 감동을 지금도 잊지 못할 만큼 최고의 작품이었다. 지금 도전하고 있는 일이 불가능하다고 느껴질 때 이 노래를 듣는 편이다.

> 내 운명에 당당히 맞설게
> 아픔은 잊은 채
> 어떤 미움도 후회조차 남지 않도록
>
> 《뮤지컬 〈마타하리〉 '마지막 순간' 가사 中》

뮤지컬을 볼 때 시선을 사로잡는 건 무대와 의상이었다. 빨간색으로 뒤덮인 천이 마치 구름 같아 보였는데, 화려한 무대와 의상에 조명이 더해져 강렬한 무대였다. 스토리와 음악 그리고 배우들의 연기 등 흠잡을 데 없었다. 뮤지컬을 관람해 본 적 없는 사람에게 이 작품만큼은 추천하고 싶을 정도였다. 뮤지컬 내용 줄거리는 이렇다.

뮤지컬 〈마타하리〉는 제1차 세계대전 중 이중 첩자 혐의로 프랑스 당국에 체포돼 총살당한 마타하리(본명 마르하레타 헤이르트라위다 젤러)의 실화를 바탕으로 한 작품이다. 그녀는 '사원의 춤'으로 선풍적인 인기를 끌며 유럽 전역의 유명인사로 활동한다. 마타하리는 강변에서 조종사 아르망과 우연히 마주치게 되고, 사랑에 빠지고 만다. 그러던 어느 날 마타하리를 찾아온 프랑스 정보부의 라두 대령은 그녀가 전쟁 중에도 국경을 자유롭게 넘나들 수 있기에 프랑스의 스파이가 되기를 요구한다. 라두 대령도 점점 마타하리에게 매료되고, 라두 대령과 아르망 사이에 묘한 긴장감이 흐르게 된다. 결국 라두 대령은 아르망을 독일의 점령지이자 위험 지역인 비텔(Vittel)로 보낸다. 생사여부가 불투명해진 아르망의 행방을 확인하기 위해 그녀는 위조된 서류를 가지고 위험을 무릅쓴 채 비텔로 향하게 된다.

어떤 일이든 끝을 알 수 없기에 하루에도 수십 번씩 선택의 기로에 놓이게 된다. 살다 보면 끝까지 지키려 하다 잃게 되는 것들이 있을 텐데, 후회로 남거나 오히려 잘된 일도 있었을 것이다. 남녀 사이의 마지막이란 단어는 마음이 아프고 믿고 싶지 않지만, 그 사람의 미래를 응원하고 행복하길 바라는 마음도 있다. 한 번의 선택으로 삶이 완전히 달라지게 된다. 시작이 있으면 끝이 있듯 만남이 있으면 헤어짐도 있고, 마지막까지 함께할 배우자와 함께한다. 상대방을 알아가는 데 있어 수십 년이 흘러도 모르는 게 사람 마음일 것이다. 사랑은 우리 삶에서 가장 아름다운 감정 중 하나로 여겨진다. 사랑의 감정이 생길 때 마지막을 생각해 본 적이 있을 것이다. 사랑이란 감정이 생기면 다양한 감정이 들기 마련이다. 그리고 노력으로 안 되는 게 사랑이 아닐까 싶었다. 내가 정해둔 기준 때문에 상대방이 나를 생각하는 마음이 크더라도 커지지 않을 수 있다.

현명한 사람을 만나는 것은 중요하다. 현명한 사람은 어려움이 닥쳐도 버텨 내고 이겨 낼 것이다. 어려운 상황에서도 서로를 향한 깊은 믿음, 서로에게 힘이 되어 주며 삶에 대한 긍정적인 태도를 취한다. 예기치 못한 어려움과 고난이 찾아올 때 어떻게 대응하냐에 따라 성장하거나 몸과 마음이 망가질 수 있다. 정신건강의학과 의사는 아니지만, 직장에서 조현병 환자를 자주 마주쳤다. 좋은 집에 살아도 마음이 망가져 정신이 온전치 못한 모습에 안타까움도 들었지만, 나를 쳐다보며 욕을 하니 그런 생각이 싹 달아났다. 싫든 좋든 그 사람을 몇 년간 마주쳤지만, 마음의 병이 고쳐질 기미가 보이지 않았다.

어떤 일이나 행동의 다음 단계로 넘어가기 위해선 많은 힘이 필요하다. 일시적으로 흐름을 바꿀 수 있으나 유지하는 건 쉽지 않을 것이다. 이기적으로 보일 수 있겠지만, 상대방을 사랑하더라도 내 감정이 크게 다치지 않는 게 더 소중하다고 본다. 사랑이란 게 계획대로 되지 않았다. 예상치 못한 이별을 겪게 되면 감정의 소용돌이에 휩싸여 혼란스러웠다. 최근, 이런 사실을 알고 나서 깊은 깨달음을 얻었다. 남녀가 오랜 시간 만나게 되면 현실적인 문제에 부딪힐 수밖에 없다. 나를 위해 행동하는 것도 힘든데, 상대방을 위해 모든 걸 내려놓지 않는 게 중요하다. 물론, 서로 느꼈던 감정을 이야기하며 조율하고 맞춰 가는 시간이 필요할 것이다. 선택과 행동에 따라 우리의 삶이 달라질 수 있다고 하는데, 원하는 결과를 얻기 위해서는 인내가 필요하다. 옆에서 묵묵히 기다려주는 사람이 있다는 것에 감사함을 느낄 때도 있었다.

운명을 그저 믿고 싶을 때가 있었는데, 그저 흘러가는 대로 살고 싶었다. 운명이란 게 거창하게 들릴 수 있겠지만, 그것을 믿는 사람도 있다. 운명에 당당히 맞서다가도 나약해지는 게 평범한 삶처럼 느껴졌다. 내 삶은 앞으로도 예상치 못한 방향으로 나아갈 것이다. 뮤지컬을 관람하며 마음속에서 일어나는 감정을 기록하고 있으며, 자신이 정한 원칙을 지키면서 스스로 무너지지 않으려 노력하고 있다. 마음의 상처가 깊다면 혼자선 치유하기 힘들다. 어떻게 보면 살아가다 느꼈던 아픔을 글에 녹이고 있다. 어떤 상황에서도 흔들리지 않는 강인함과 지혜를 갖춰야 한다. 버티고 버티며 내 운명에 당당히 맞서고 있다. 자신이 보고 믿는 것을 가볍게 여기지 않길 바란다.

7.
특별한 것이 없는 평범한 남자 - 〈엑스칼리버〉

　재작년 12월 이권복 작가의 〈성장읽기〉 유튜브 채널에 출연하게 되었는데, 사전에 준비해 온 대본을 읽었음에도 발음이 정확하지 않았다. 명확한 발음을 내기 위해선 억양, 속도, 강약 조절을 해야 한다. 발음이 좋아지기 위해서는 꾸준한 연습이 필요하다. 무대 경험이 정말 중요하다. 무대에 서면 긴장하게 되고, 실수하면 어떡하지? 이런 생각을 하게 된다. 출연 영상을 보고 거슬리는 부분을 고치려 하고 있다. 특히 말꼬리를 흐리거나 부정확하게 말하는 부분을 체크 해두었다. 그리고 시옷 발음을 할 때 잘 안되는 편이라 발음 연습 영상을 보며 연습하고 있다. 그동안 입안의 공기가 빠져나가야 한다는 개념을 모르고 말했었다. 영상을 촬영할 때 시선을 어디에 둬야 할지 감이 잡히지 않았으며, 준비를 제대로 하지 못한 부분이 많았다. 대본을 암기해야 자연스럽게 대화도 나누고, 여유로운 모습이 카메라에 담길 수 있다는 걸 배울 수 있었다. 조금씩 부족한 부분을 보완하기 위해 노력하고 있다.

사람들 앞에서 노래를 부르게 되면, 감정을 표현하는 데 있어서 도움이 되는 부분도 있다. 내성적인 사람이라 누군가 앞에서 노래를 부른다는 건 쉽지 않았다. 사춘기 시절 교탁 앞에서 노래를 잘 부르는 친구들을 보며 부러워했던 적이 있었다. 이런 시간은 늘 긴장이 됐다. 선생님이 나에게 노래를 부르라고 할 것 같아, 책상에 시선을 두었다. 자신을 드러내는 방법은 다양하다. 생각을 글로 표현하는 사람이지만, 조용한 이미지와 다르게 행동하기로 마음먹었다. 사람들에게 '이시헌'이라는 사람을 각인시키고 싶었다. 2023년 2월 3일, 특별한 시간이 주어졌는데, ZOOM 화면에서 100명이 지켜보는 가운데 특강을 진행하게 되었고, 비록 온라인이었지만 사람들 앞에서 뮤지컬 〈지킬 앤하이드〉의 〈지금 이 순간〉을 불러봤다. 예전과 달라지기 위해선 용기가 필요했으며, 자신을 드러내는 것에 대한 두려움을 극복해야 했다. 이런 경험이 쌓이다 보면 성장이란 게 얼마나 중요한지 깨달을 수 있다. 특별한 것이 없었던 평범한 남자는 세상을 향해 조금씩 용기를 내보았다.

성남아트센터에서 뮤지컬 〈엑스칼리버〉를 관람하게 되었다. 6세기 영국은 내전으로 인해 전쟁이 끊임없이 이어지고, 설상가상 색슨족의 침략까지 예언된다. 마법사이자 예언가인 멀린은 엑스칼리버를 자신의 부와 권력 그리고 복수의 수단으로만 사용해 온 우더 펜드라곤을 죽이게 되고, 새로운 왕을 왕좌에 앉히기 위한 오랜 계획을 실행에 옮긴다. 자신이 왕족이라는 사실을 알지 못한 채 평범하게 성장한 아더는 멀린으로 인해 탄생의 비밀과 운명을 알게 되고, 고민 끝에 색슨족으로부터 지켜야 할 사람들을 위해 바위에 꽂혀 있던 성스러운 칼 엑스칼리버를 뽑게 되며 왕으로 추앙받는다.

어떤 일이든 경험을 쌓게 되면 새로운 기회가 생기기 마련이다. 사람들이 지켜보는 가운데 노래를 부를 수 있었던 건 성장하고 싶었던 마음이 컸었다. 실패를 통해 성장할 수 있다는 게 어떤 의미인지 알 것 같다. 내가 하지 않으면 아무런 결과물이 남지 않는다는 걸 잘 알고 있다. 글은 다른 누가 대신 써 주지 않기 때문에 전념해서 끝까지 써 내려가야 한다. 지인 중 한 명이 "첫 번째 책에서 절반은 다른 사람이 써 준 것이 아니냐?"라고 돌려 말하였는데, 칭찬으로 받아들였다. 인생을 쇼핑하는 작가로 활동하고 있으며 '현재진행형 작가'라고 소개하고 있다. 글을 쓰기 시작하면서 삶의 전환점이 찾아왔다. 책장에서 책을 빼내서 읽어 본 적이 거의 없었는데, 스스로 책을 찾아 읽는 내 모습이 낯설기도 하다. 안 해 본 것을 시도하다 보면 가능성을 발견할 수 있다.

앞으로 경제적인 부분이 여유로워진다면, 뮤지컬 레슨을 받아볼 계획이다. 강연 무대에서 노래로 나의 간절함을 청중들에게 전하고 싶기 때문이다. 작가는 책으로 간절함을 전하는 방법도 있겠지만, 앞으로 커리어를 쌓기 위해선 사람들 앞에서 강연하는 것이 하나의 방법이란 생각이 들었다. 말은 하면 할수록 늘게 돼 있고, 발음 연습을 통해 더 나은 모습으로 발전하고 싶었다.

평범한 삶에서 벗어나고 있다. 다른 사람과 소통하는 직업을 선택했기에 유튜브 출연, 인터뷰, 온라인 강의 등 일단 하게 되는 것 같다. 뭐든지 처음에는 어색하겠지만, 특별한 경험이라 생각하면 즐길 수 있다. 아직 사람들 앞에서 이야기할 때 제스처는 어색하고, 다리가 떨리는 게 느껴졌다. 그런 부분을 보완하기 위해 거울 앞에서 손동작을 연습하기도 하고, 배우가 하는 것처럼 노래를 부를 때 손에 힘을 주고 부르기도 했다. 이렇게 부르다 보면 없던 용기가 생기는 것 같았다.

어떤 과정이든 한계에 도달하면 'give up' 또는 'next up' 둘 중 하나를 선택해야 했다. 직장이나 학교에서 막중한 업무를 맡게 되는 경우가 있을 텐데, 누군가의 도움을 받을 때도 있지만, 대부분 스스로 문제를 풀어야 한다. 누가 등 떠밀어서 유튜브에 출연한 건 아니지만, 두렵고 떨리는 마음은 어쩔 수 없었다. 그래서 방법을 찾은 건 사람들 앞에서 노래를 부르는 것이었다. 노래를 부를 기회가 있어 연습해 왔는데, 1시간 정도가 지났는데도 호명하지 않다 보니 마음이 점점 초조해졌다. 오늘을 위해 연습한 게 아쉬웠다, 이대로 그냥 집에 갈 수 없어 손을 들고 "노래 부르겠습니다"라고 말했다. 특별한 경험을 쌓는 것을 즐기고 있다.

책을 집필하고 나서 평생 받아 본 적 없던 관심을 받았다. 주변 사람들이나 새롭게 만나는 사람들에게 글을 쓰게 된 이유를 내게 물어봤다. 그저 더 나은 삶을 살고 싶었다. 그리고 누구나 해낼 수 있다는 것을 보여 주고 싶었다. 삶의 방향을 잃었는데, 다음 목표를 향해 달려가는 사람이 되었다. '보통만큼 해내는 것도 대단한 일이다.' 돌이켜 생각해 보면 평범하게 산 것도 아니었다. 남들 하는 만큼 노력을 안 했기 때문이다. 후배들 앞에서 강연하는 계획을 일 년 전부터 세웠는데 목표 달성을 위해 교수님을 찾아뵀다. 거울 앞에서 후배들이 있다고 생각하고 강연 연습을 했다. "고깃집 서빙 아르바이트를 하던 도중 불판을 올리다가 화상을 입었다고 가정합시다. 물집이 생긴 손을 보며 속상하고, 마음이 아플 것입니다. 그리고 다짐하겠죠. 앞으로 공부를 열심히 해야겠다는 생각을 할 것 같아요. 하지만 물집이 사라지게 되면 언제 그랬냐는 듯이 그날의 다짐은 사라지고 말죠." 뮤지컬을 관람했던 그때의 감정을 잊지 않으려 한다. 평범했던 남자가 성검 엑스칼리버를 뽑을 수 있었던 이유는 상처가 아물어도 새로운 것들을 시도했기 때문이다. "검은 한 사람을 왕으로 만들어 주며, 글은 한 사람의 길이 되어 준다."

8.
한 마리 새처럼 자유롭게 날아갈래 - 〈엘리자벳〉

　꿈은 모르겠고 돈이나 벌고 싶은 사람도 있을 텐데, 돈 버는 게 쉽지 않다. 작가가 된 지 8개월이 되었지만, 수입은 전혀 없었다. 직장을 다니지 않았더라면 생활고를 겪다 극단적 선택을 했을지도 모른다. 파이프라인을 늘리는 방법 중 인세가 있는데, 출판계약에 따라 판매 부수만큼 인세를 받을 수 있다. 수입이 불안정하다면 나쁜 생각에 빠지게 된다. 처음부터 잘되는 사람도 있겠지만, 그렇지 않은 경우가 더 많을 것이다. "촬영장에 갈 차비조차 없었을 때 꿈을 포기하는 것이 맞을까?"라고 고민했던 배우도 있었다.

　꽃다운 나이에 세상을 먼저 떠나는 이들이 있다. 스스로 세상을 떠나야만 했던 이유는 무엇 때문이었을까? 감당하기 어려운 상황과 심리적인 압박 때문이지 않을까. "예술가는 헝그리 정신이 필요하다"라는 말이 있지만, 고정적인 수입이 없다면 생활고에 시달리게 된다. 일 년 동안 자취했던 적이 있었는데, 햇반을 사더라도 조금이라도 더 많이 들어 있는 제품을 골라야 했고, 단독 몇백 원 때문에 고민했었다.

뮤지컬 배우가 되더라도 돈 때문에 꿈을 포기하는 사람도 있지만, 꿈을 끝까지 지키는 사람을 보며 글을 쓰고 있다. 대한민국 가수이자 뮤지컬 배우 장은아가 있다. 그녀는 가수로 오랜 시간 무명 가수였다고 한다. 그렇지만 "뮤지컬 배우로 무대에 오르면서 노래를 할 수 있다는 게 감사하고 간절했기에 가능했다"라는 인터뷰를 보게 되었다. 무명 시간을 거치면서 때론 조급함도 느껴지겠지만, 내공을 쌓는 시간일 것이다.

EMK 제작사의 뮤지컬을 즐겨 본다. 화려한 무대와 곡이 좋은 편이다. 뮤지컬 〈엘리자벳〉을 어머니와 같이 보게 되었다. 황후 엘리자벳을 암살한 혐의로 100년 동안 목이 매달려 재판을 받고 있는 루케니. 그는 판사에게 엘리자벳은 스스로가 죽음을 원했으며, 일생 동안 '죽음'을 사랑했다고 항변한다. 어린 시절 자유분방한 성격의 엘리자벳은 외줄타기를 하다가 떨어지면서 '죽음(Der Tod)'과 처음 마주하게 된다. 엘리자벳의 아름다움에 반한 '죽음'은 그녀를 살려두고, 마치 그림자처럼 엘리자벳의 주위를 맴돈다. 엘리자벳에게 첫눈에 반해 평생 그녀만을 사랑했던 오스트리아의 황제 프란츠 요제프. 그는 어머니 소피의 반대를 무릅쓰고 엘리자벳과 결혼한다. 하지만 엄격한 황실 생활과 시어머니 소피는 엘리자벳을 옭아매려 한다. 그런 그녀를 어둠 속에서 지켜보던 '죽음'은 자신이 진정한 자유를 줄 수 있다며 끊임없이 엘리자벳을 유혹한다. '죽음'은 엘리자벳의 아들 루돌프에게도 모습을 드러내 아버지 요제프와 맞서도록 만든다. 정치와 사상적인 문제로 아버지와 대립하던 루돌프는 어머니에게도 도움을 받지 못하자 결국 스스로 목숨을 끊는다.

'죽음'은 어린 시절 루돌프에게 나타나 우리는 다시 만날 거란 약속을 한 채 떠났었다. 우리 삶에서도 '죽음'처럼 자유를 주겠다는 말에 넘어가 세상을 떠나는 젊은이들이 많은데 안타까운 일이다. 책을 읽고 작가가 되어야겠다는 꿈을 갖게 되었다. 힘겨운 현실 속에서도 꿈을 지키는 방법을 찾아야 했다. 집 안에 틀어박힌 채 글만 쓰고 싶었던 적이 있었다. 코로나로 인해 집에만 있었는데, 글은커녕 나쁜 생각만 품었다. 몸이 아프거나 환경이 좋지 않으면 정신력이 한계에 도달하면서 스스로 무너질 수 있다. 본인에게 맞는 멘탈 관리로 슬럼프를 극복해야 한다. 배우들이 한 인터뷰를 찾아보는 편이다. 기자가 글로 옮긴 거지만, 배우가 어떤 마음으로 작품에 임하는지 짐작할 수 있었다.

일을 할 수 있다는 건 감사한 일이지 않을까. 만약, 몸이 좋지 않았더라면 집에만 있게 됐을 것이고, 나쁜 생각에 사로잡혔을 것이다. 무언가를 이룰 수 있다는 희망이 보인다는 건 축복처럼 느껴진다. 반면 꿈을 지키지 못하게 되면 공허함에 빠지게 된다. 꿈을 지키기 위해선 안전장치를 만들어야 한다. 연기만 몰두할 수 있는 집안 환경이라면 이런 걱정은 애초에 하지 않았을 것이다. 앙상블 배우가 받는 페이를 알아보니 백만 원 중반인데, 리허설이나 안무 연습 시간은 무보수로 하는 경우가 대부분이었다.

요즘 젊은 사람이 결혼을 안 하는 이유가 무엇일까? 본인 소득에 비해 기준이 높고, 결혼을 하게 되면 행복하지 않은 삶이 머릿속으로 그려지기 때문이다. 돈에는 힘이 있고, 돈으로 삶을 살아가게 된다. 돈에 욕심이 없다고 말하는 사람은 집에 정말 돈이 많거나, 세상 물정을 모르고 말하는 것이다. 젊을 땐 잔병이 없기에 병원에 갈 일이 없지만, 나이가 들면 치료할 게 많아진다. 제때 치료받으면 나을 수 있는 병도 키우게 된다. 조금이라도 나이가 젊을 때 파이프라인을 만들어 두는 게 좋다. 부수입을 늘리는 방법에 관심이 많은 편인데, 예전에는 네이버 블로그를 해야 한다고 강조하였지만, 티스토리 블로그를 권해본다. 고정 수입이 있어야 심리적인 압박이 덜할 것이다.

물론, 정답은 아닐 수 있다. 꿈을 지키기 위해선 건강한 멘탈을 유지해야 한다. 뒷부분에서도 내용을 다룰 거지만, 뮤지컬 티켓은 비싸다. 관람하고 싶은 뮤지컬이 있어도 돈 때문에 망설여졌다. 티스토리 블로그를 권하는 이유는 월 30만~100만 원 정도 고정 수입을 누구나 만들 수 있기 때문이다. 자유롭게 문화생활을 즐기기 위해 블로그를 하고 있다. 글을 쓰는 게 어렵게 느껴질 수 있겠지만, 처음에는 기름값 또는 식대를 해결하기 위한 수단으로 가볍게 시작하면 좋을 것 같다.

좀 더 나은 삶을 살기 위해선 현금 자산 100만 원이 들어오는 구조를 만들어야 한다. 자기계발 도서를 좋아하는 사람도 있겠지만, 자기계발 도서를 읽고 실망하는 이유는 추상적인 이야기만 적혀 있고, 방법이 없기 때문이다. 만약, 이십 대로 다시 돌아간다면, 100만 원의 가치를 빨리 깨달을 것이다. 세상은 아는 만큼 보이고, 하는 만큼 이루는 것이다. 100만 원의 가치를 빨리 깨닫는 사람은 긍정적인 마음가짐으로 미래를 바라보게 된다.

대부분 아쉬운 소리를 타인에게 하고 싶지 않을 것이다. 어쩔 수 없이 타인에게 부탁하는 일이 생길 수 있다. 자존심 문제가 아니라 삶이 힘들거나 마지막 희망이라 생각하고 부탁했을지도 모른다. 그렇다고 해서 상대방의 부탁을 꼭 들어줘야 한다고 생각하진 않았지만, 책을 출간하고 다른 사람에게 부탁하는 일이 많아졌다. 가끔 연락이 오는 친구가 있었는데, 돈을 많이 버는 것처럼 말했다. 지금 하는 사업이 잘되고 있다며 본인 자랑을 늘어놨다. 그리고 책은 언제 구매할 수 있냐며 출간되면 꼭 구매하겠다고 말했던 친구였다. 출판사에서 연락이 왔다. 예약 구매가 가능하다는 말을 듣고 그 친구에게 가장 먼저 전화했는데, 하는 말이 "돈이 없다"라는 말을 듣고 '괜히 책을 쓴 것이 아닐까'라는 생각이 들었다. 이런 경험을 통해 타인에게 바라는 마음이 커지지 않아야 한다는 걸 배웠다. 내 삶을 응원해 주는 사람도 있겠지만, 타인을 지배하려는 사람이 있다. 상대방에게 휘둘리지 않기 위해서는 누구에게도 아쉽지 않은 사람이 되어야 한다.

제4장

다양한 퍼포먼스로
인생 연주하기

1.
문화생활 도전하기

국민 생활수준이 높아지면서 삶의 질을 높이는 방법을 찾는 사람들이 늘어나는 추세다. 또한, 취미생활이나 자기계발 등에 투자하는 사람들이 있다. 바디프로필을 찍기 위해 몇 달 동안 체중 관리와 근력 운동으로 인생 사진을 남기는 이들도 있는데, 끝까지 해내는 사람들을 SNS에서 볼 수 있었다. 요즘은 잘 사용하지 않는 용어이지만, '인생은 한 번뿐이다'를 뜻하는 You Only Live Once의 앞 글자를 딴 'YOLO'라는 말이 있다. 예전에는 부모 돈으로 자유분방하게 생활했던 '오렌지족'도 있었다. 이들과 환경이 다를 수 있겠지만, 소득과 상관없이 소비자들은 어떻게든 욕구를 채워야 했다.

요즘은 연예인 못지않게 피부 관리의 중요성을 깨닫고 투자를 아끼지 않는 일반인이 많아졌다. 남들이 어떻게 생각하든 신경 안 쓰는 사람도 있겠지만, 소비는 누구나 하게 돼 있다. 학창시절 핸드폰을 구매하면 자랑하고 싶어 주머니에서 꺼내 책상 위에 올려둔 적도 있었다. 친구들에게 관심받고 싶었나 보다. 뭐든지 궁극적인 목표는 자기만족일 것이다. 문화생활을 하는 이유도 비슷하다. 첫 공연이 만족스럽지 못했다면 두 번 보진 않았을 테니. 저축을 통해 얻는 것들이 있다. 돈을 아낀다고 해서 문화생활마저 포기하는 젊은이들은 없을 것이다. 무료로 영화를 보거나 할인된 금액으로 문화생활을 충분히 즐길 수 있기 때문이다. 불법과 연관된 것이 아니라면 한 번뿐인 인생인데 가끔 즐긴다고 해서 나쁜 방향으로 흘러가지는 않을 것 같다. 문화생활을 통해 배울 수 있는 부분이 많다고 생각하는 편이다.

2000년대 초반 오케스트라 연주를 보는 것이 상류층 문화였지만, 시에서 주최하는 공연 중 그 도시의 시민이라면 누구나 무료로 관람할 수 있는 공연이 많아졌다. 오케스트라 연주를 잘 모르고 악기도 모르지만, 뮤지컬 음악을 많이 듣다 보면 악기가 노래하는 것처럼 들린다. 오케스트라단은 뮤지컬 공연에서 빠질 수 없는 역할인데, 숨은 공간에서 공연하기에 잘 보이지 않는다. 숨은 주역이라 말할 수 있다. 오케스트라가 어려운 음악이라 생각하는 이유는 전반적인 지식이 필요하기 때문이다. 악보를 봐도 모를뿐더러 어떤 악기들이 있고, 연주곡 정보도 알아야 자장가처럼 들리지 않을 것이다. 반면 뮤지컬은 유명 연예인이 캐스팅되어 한국어로 연기를 하기에 부유한 사람들이 즐겨 봤다고 한다. 뮤지컬 시장 초반만 해도 티켓 한 장이 5만 원 정도였지만 흥행하는 뮤지컬이 늘어나면서 가격도 덩달아 솟구쳤다.

취미에 진심인 사람들이 있다. 캠핑, 골프, 낚시, 테니스 등 즐기는 사람들을 보았을 때 장비에 돈을 아끼지 않는 것 같다. '욜로'라는 말이 쓰이지 않을 뿐이지 화려하게 인생을 즐기려 하는 사람이었다. 만족하는 삶을 사는 방법은 다양하다. 뮤지컬 티켓 가격이 고가이지만, 저렴하게 관람하는 방법은 이렇다.

첫 번째 방법은 영화관에서 저렴하게 볼 수 있다. 사전에 촬영한 영상을 상영하는 것인데, 현장에서 직접 보는 것 같은 생동감은 없지만, 화면을 확대해서 보여 주기 때문에 배우들의 얼굴이 비교적 잘 보인다. 티켓 가격도 2만 원대라 대극장에서 보는 것보다 훨씬 더 저렴하다.

두 번째 방법은 네이버 브이라이브(V LIVE)를 통해 뮤지컬을 온라인으로 볼 수 있다. 유료 서비스를 가끔 진행한다. 가격은 3만 원이며, 더 많은 금액을 후원할 수 있는데, 정해진 시간 안에 전자기기로 보면 된다. 유료 온라인 공연을 관람하게 되면 댓글을 통해 실시간으로 다른 사람과 소통할 수 있으며, 사전에 촬영한 공연이라 완성도 있는 공연을 집에서 관람할 수 있다.

세 번째 방법은 제작사 유튜브 채널에서 무료로 볼 수 있다. 최근 유튜브에 올라오는 '박제영상'은 홍보영상으로 팬을 위한 서비스라고 보면 된다. '프레스콜' 영상을 유튜브에 검색하면 볼 수 있는데, 정식 공연 전 취재진 앞에서 홍보 목적으로 촬영한 영상이라 하이라이트 부분만 편집됐다. 그리고 '시츠프로브' 영상도 볼 수 있다. 뮤지컬과 오페라 공연에서 쓰이는 용어이며, 배우와 오케스트라가 호흡을 맞추며 연습하는 것을 뜻한다. 피아노 반주로만 노래를 연습하던 배우들이 처음으로 음악감독의 지휘에 맞춰 오케스트라와 합을 맞춰 보는 리허설이며, 배우들의 사복 패션을 볼 수 있다.

〈영웅〉 뮤지컬이 영화 버전으로 제작되었는데, 웅장한 금관악기 소리와 함께 정성화 배우가 눈밭에서 걷는 모습을 보며 마음이 뜨거워지고 눈시울이 붉어졌다. 독립군이 된 심정으로 〈이별〉이란 시를 썼었는데, 비슷한 장면이 나와 혼자 소름 돋는 부분도 있었다. 영화를 보며 마음은 어찌나 아프고 슬펐던지 나라를 잃은 아픔이 공유되는 것 같았다. 영화를 먼저 보고 뮤지컬 작품을 관람했다. 뮤지컬은 눈앞에서 배우들이 열연하는 모습, 생동감 넘치는 무대를 볼 수 있다는 장점이 있었으며, 영화는 완성도 높은 CG와 녹음된 목소리라서 음향이 깔끔하게 들렸던 것 같다.

나이가 들어도 즐겁게 살아가는 방법을 알 필요가 있다. 대한민국 출산율이 너무나 낮아졌다. 초고령화 시대에 우리는 살아가고 있는데, 앞으로 문화생활을 즐기는 연령대도 점차 높아질 것이다. 의학 기술의 발달로 인해 평균 수명과 고령자의 기대여명이 늘어남에 따라, 일흔이 넘어서도 노래방에 혼자 간다거나 콘서트를 보러 가는 게 전혀 이상하지 않은 세상을 살지 않을까. 연령에 상관없이 문화생활을 즐기게 될 것이다. 나이가 들수록 혼자가 되는 게 두려운 사람도 있다. 나이가 들어도 외롭지 않게 살아가는 방법을 찾아야만 한다.

삶을 만족하며 살아가는 방법은 다양하다. 적당한 소비를 통해 스트레스를 푸는 방법을 찾을 필요가 있다. 이력서를 작성하더라도 특기나 취미를 적는 게 어려웠는데, 지금은 채울 게 많아졌다. 문화생활을 통해 삶이 달라졌다고 해도 과언이 아니다. 좋은 레스토랑을 가더라도 주문해 본 적이 없으면 메뉴판에서 음식을 주문하는 게 쉽지 않다. 뭐든지 해 봐야 안다. 소소한 즐거움을 통해 얻는 건 분명히 있다. 무엇이든 진심으로 하게 되면 '인생'이란 수식어가 붙게 된다. 나의 인생 취미는 뮤지컬 관람이다.

친구는 거의 없는 편이지만, 삶을 즐기며 살아가고 있다. 나이가 들수록 오히려 혼자가 편한 사람도 있고, 외로움을 많이 타는 사람도 있을 것이다. 주변에 만날 사람이 없으면, 마음이 허전하여 신경이 쓰이게 된다. 인생에서 가장 큰 재산은 건강이며, 정신적으로 무너지지 않아야 한다. 친구가 없더라도 잘 살아갈 수 있다. 인연에 연연할 필요는 없다. 점점 고독한 삶을 살아가는 사람이 많아질 것이다. 정신적으로 위로받을 수 있는 사람이 없다면 무엇을 해야 할까. 평소 글을 쓰며 때론 용기를 내어 사람들 앞에서 노래도 하며 꿈을 향해 나아가고 있다. 내면을 강화하는 방법을 터득해 삶을 살아가야 한다.

2.
티켓값 부담 줄이는 방법

 뮤지컬 티켓 가격이 점점 오르고 있다. 잇따른 티켓값 인상에 뮤지컬 팬들은 불만이 터져 나올 수밖에 없다. VIP 좌석 예매는 부담스럽게 느껴졌다. 두 사람이 관람할 경우 40만 원 정도 생각해야 한다. 돈이 부족하면 문화생활도 쉽지 않을 것이다. 카드사 혜택이나 공연 혜택을 확인 후 티켓값 부담을 줄일 수 있다. 프리뷰 공연, 마티네 공연, 문화가 있는 날, 낮 공연 등 보통 할인율은 5~30% 정도이다. 할인 혜택으로 부담을 덜었는데, 가격이 오른 상태에서 할인이 돼도 1년 전보다 비싸졌다.

 나만의 콘텐츠를 만들어 돈을 버는 시대에 살고 있지만, 본인에게 맞는 부업을 찾기 쉽지 않다. 블로그를 통해 뮤지컬을 한 달에 세 번 정도 관람할 수 있는 금액이 매달 통장에 입금된다. 문화생활을 부담 없이 즐기기 위해선 돈이 필요하다. 블로그를 운영하여 경제적인 자유를 얻는 사람도 많다. 블로그에 어떤 글을 발행해야 할지 막막할 수 있을 텐데, 본인이 아는 지식을 공유해야 지치지 않고 오랫동안 운영할 수 있다. 블로그는 한 시간 정도 글을 쓰면 된다. 작가가 되기 전 글을 쓰는 사람을 단 한 명도 만나 볼 수 없었다. 블로그와 브런치 공간에 '나는 그저 작가가 되고 싶다'라고 낙서처럼 적어둔 글을 시간이 꽤 흐른 상태에서 읽게 되었다. 어떤 일이든 방법을 알아도 할까 말까 고민하게 되는데, 방법을 모르는 상태이니 답답했었고, '나는 잘하는 게 없구나'라는 생각을 많이 했던 것 같다.

최근, 유튜브 채널을 개설해 봤다. 타인에게 삶을 살아가는 방법을 제시하는 것만으로도 누군가에게는 큰 도움이 될 거라 믿는 편이다. 방법을 알아도 실행에 옮기지 않는 사람이 있다. 실행하지 않으면 제자리에 머물게 되는데, '배우긴 해야 하는데' 이런 생각만 했던 적이 많았다. 누구나 성공을 꿈꿀 것이다. 실천함으로써 성취할 수 있는 부분이 늘어나게 된다. 계획해 둔 일을 끝까지 실천하는 게 쉽지 않았다. 유튜브 구독자 1,000명을 모으는 게 첫 번째 과제인데, 신사임당(주언규 PD)가 올린 유튜브 클래스 강의를 매일 반복하여 들었다. 단기간에 결과를 내야 멈추지 않고 끝까지 해낼 것 같았다. 결국 6개월 만에 유튜브 구독자 1,000명을 달성하였고 또 다른 파이프라인을 늘릴 수 있었다.

카카오에서 운영하는 '브런치 스토리' 플랫폼이 있다. 브런치 작가를 도전해 보고 싶었으나 의지가 부족하였고 매일 글을 쓴다는 게 쉽지 않아 보였다. 브런치 스토리는 글을 쓰는 공간이지만, 운영진이 '브런치 작가'로 승인해 줘야 공개적으로 글을 발행할 수 있으며, 처음에는 비밀글만 쓸 수 있다. 브런치 작가가 되고 싶었지만, 삼 년 정도 생각만 하고 있다가 써둔 글을 읽고 실행으로 옮겼다. 어떤 일이든 결심한 후 실행에 옮기기까지 쉽지 않은 것 같다. 필요한 정보를 조금만 검색해 보면 금방 찾을 수 있었는데, 끝까지 하지 않았던 것이었다.

글을 쓴다는 건 재능도 필요하겠지만, 끝까지 쓰겠다는 의지가 있어야 한다. 의자에 달라붙어 있는 시간이 늘어날수록 분량은 채워지게 돼 있다. 불합격 통보를 받았다. "안타깝게도 이번에는 모시지 못하게 되었습니다. 많은 관심에 감사드립니다." 불합격 통보를 이렇게 받게 된다. '작가 소개', '활동 계획'. '자료 첨부', 'SNS 주소'를 전송하면 1주일 안에 결과를 통보받는다. 두 번째 도전은 다행히 합격했다. 승인받는 방법을 간단하게 정리해 봤다.

그동안 작성해 둔 글이 없다면 합격하기란 쉽지 않을 것이다. 글을 쓰는 것은 독자에게 하는 약속이라 생각한다. 카카오 운영진이 첫 번째 독자라고 생각하고 글을 쓰면 된다. 작가 소개와 활동 계획은 300글자를 채워야 하는데, 작가 프로필을 작성할 때 간략하게 중요한 약력을 쓰거나 본인 소개를 하면 될 것 같다. 활동 계획에는 어떤 독자를 위해 앞으로 이런 글을 쓰겠다는 목표를 적어두는 것이 바람직하다. 기획안이 중요하다. "발행하고자 하는 글의 주제나 소재, 대략의 목차를 알려주세요." 이런 문구가 쓰여 있지만, 대부분 이 부분을 크게 신경을 쓰지 않는 듯하다. 앞으로 독자들에게 어떤 글을 발행할 것인지 운영진과 약속하는 의미로 목차를 첨부했다. 목차와 본문이 연관돼야 한다. 2~3편 정도 글을 첨부했었다. 운영하는 블로그가 있다면 가산점이 될 것이다. 브런치 활동을 꾸준히 하다 보면 외부에서 강연 요청이 들어오는 경우도 있다.

티스토리 블로그는 네이버 블로그에 비해 초보자도 방문자를 늘리는 게 쉽다. 그 이유는 네이버 검색엔진은 상위 노출을 위해 치열하게 경쟁하지만, 다음 검색엔진은 상위 노출이 쉽게 된다. 그렇지만 네이버 검색엔진에 게시글이 노출돼야 블로그로 수익을 낼 수 있다. 티스토리는 정보성 글을 발행하면 돈이 되는데, 구글에서 달러로 광고 수익금을 블로거한테 준다. 구글 애드센스 승인을 사흘 만에 합격했다는 정보를 쉽게 찾아볼 수 있다. 재작년 10월부터 글을 발행하였는데, 정확하게 두 달이 되어서야 구글 측에서 애드센스 광고를 블로그에 송출할 수 있게 해 주었다. 여섯 번 불합격하였으며 일곱 번 만에 합격했다. 승인되는 게 쉽지 않아 '애드고시'라는 명칭이 생겼다. 연이은 불합격으로 지쳐 갈 즈음 크리스마스 당일 합격 통보를 받아 크리스마스 선물 같았다. 구글 애드센스 승인받기 위해서는 구글 검색엔진이 선호하는 방식으로 글을 쓰면 된다. '검색엔진 최적화(Search Engine Optimization, SEO)'는 사용자의 의도를 이해하고, 기본적으로 제목(h2)과 본문(p)을 구분할 줄 알아야 한다. 그렇다면 어떤 주제로 글을 써야 하는 것일까? 문화생활, 직업, 효능, 영화, 자격증 등 한 가지 주제로 글을 20개 정도 발행하면 합격할 수 있다. 공백 제외 1,500글자

수를 채워야 하며, 사진은 800×800px, 100kb 이하로 용량을 압축하여 한 장만 올리는 것이 좋다. 웹페이지의 로딩 속도가 느려질 수 있는 요소를 없애야 한다.

처음에는 방법을 몰랐기에 실행하지 못했다. 월급 외 부수입이 생기면, 마음의 여유가 생긴다. 문화생활을 할 때 비용 부담을 덜 수 있다. 애드센스 승인 방법을 검색창에 검색해 보면, 대신 승인해 주는 업체가 있다. 가격은 30만 원 이상이다. 비싼 금액이라고 생각할 수 있겠지만, 불합격하는 사람들은 투자라 생각하고 의뢰하는 것 같다. 다른 사람이 대신 글을 발행하여 구글 애드센스 승인돼도 기쁨은 잠시일 뿐, 광고 수입금이 생각만큼 들어오지 않을 것이다. 글을 쓰는 방법을 모르기 때문에 하루에 0.01달러 정도 받게 된다. 한 가지 팁을 주자면 두 번째 블로그도 같이 하는 게 수익을 늘리는 지름길이며, '자격증 기출문제'에 대한 글을 발행하면 수익 블로그가 될 수 있다. 승인 방법을 알고부터 다른 사람에게 알려줄 수 있는 지식을 공유하고 있다. 두 번째, 세 번째, 네 번째 티스토리 블로그에도 구글 애드센스 승인을 받았으며 전자책도 발행했다. 처음에는 아무것도 모르는 상태에서 글을 썼지만, 지금은 아무것도 모르는 사람을 위해 정보를 알려 줄 수 있게 되었다.

3.
긴 침묵을 끝내는 방법

직접 해 보지 않으면 그 과정이 어떻게 진행됐는지 알 수 없다. 내가 알지 못하는 주제로 대화가 오고 갈 때 조용히 듣고만 있었던 적이 있었다. 대화에 끼고 싶어도 내가 알지 못하는 내용이었다. 독서 모임을 매주 참여하는 건 아니지만, 정보를 얻기 위해 참여하곤 했다. 독서 모임에 참석한 날이 있었는데, 상대방의 말을 경청하는 태도가 중요하다는 걸 깨닫는 시간이었다. 준비해 온 자료를 발표할 때 매번 떨렸다. 그런데 옆에 앉아 있던 사람이 불필요할 정도로 몸을 움직이는 게 느껴졌다. 중간중간 흐름이 깨져 집중이 안 됐다. 본인의 이야기로 대화를 주도하고 싶은 사람이 있을 것이다. 옆에 앉아 있던 사람은 "이미 알고 계시겠지만"이라고 반복적으로 말하는 타입이었다. 듣고 있는데 굉장히 피곤했다.

어느 날은 발표를 이어가던 중 끼어드는 사람이 있었다. 질문이 아닌 전혀 다른 이야기로 말하는 게 신경이 쓰였다. 평정심을 유지하기 위해 마음속으로 목탁을 두들겼다. 삶의 태도를 중요하게 생각하는 편이다. 살아온 환경이 다르기에 사람마다 생각하는 기준이 다르다. 어떤 이에게는 와닿지 않을 수 있겠지만, 우리는 서로 다른 관점을 가지고 있으며 세상을 바라보는 눈이 다를 것이다. 다른 사람의 행동과 생각을 이해하는 과정에서 성장하고 배울 수 있는 부분도 있었다. 상대방과 대화를 이어가던 중 마음이 불편했던 적이 있었을 것이다. 나이가 많다고 해서 경험이 많다고 생각하진 않는다. 본인이 힘들게 살아왔다는 것을 강조하며, 상대방에게 인정받으려 하는 사람을 만난 적이 있다. 이야기를 들어보면 누구나 겪는 삶의 무게였다.

본인의 경험을 타인에게 공유하며 서로 가까워질 수 있다. 학창시절 조용하고 내성적이라 상대방이 먼저 다가왔으면 했다. 그러나 아무런 말을 하지 않고 가만히 앉아 있으면 먼저 다가오는 경우는 거의 없었다. 새 학기가 시작되면서 친했던 친구들과 뿔뿔이 흩어지고 말았다. 다른 친구들은 이미 친구가 생긴 것 같은데, 대화할 사람이 한 명도 없었다. 쉬는 시간이 되면 숨이 막힐 것 같았다. 1주일 동안 혼잣말밖에 할 수 없었다. 친구들이 하는 이야기를 주워듣고, 친해질 수 있는 사람에게 먼저 말을 건넸다. 게임이라는 공통사를 통해 친해진 친구도 있었지만, 관심사가 다르면 친해지기 어려웠다. 입을 꾹 닫고 있으면 상대방은 내 마음을 알 수 없다. 자신의 감정을 어떻게 표현하냐에 따라 상대방의 마음을 움직일 수 있다. 나의 방식이 옳다고 해서 상대에게 강요하는 것만큼 피곤한 일은 없다. 살아가다 보면 타인을 이해하지 못하는 경우가 더 많을 것이다. 말에는 힘이 있고, 침묵에도 힘이 있는데, 상황에 맞게 행동할 필요가 있다. "침묵은 말보다 강력한 힘이 있다"라고 말하는 사람도 있겠지만, 그 반대가 아닐까 싶었다. 침묵을 깰 수 있는 건 대화였다.

연기는 도대체 무엇일까? 배우들은 어떤 생각을 하며 연기하는지 궁금했다. 연기 서적을 찾아 읽기도 하고 배우들이 한 인터뷰를 찾아봤다. "연기는 순간의 예술"이라고 말한다. 짧은 찰나에 다른 사람으로 보일 때 극찬을 받게 된다. 감정 연기를 해 보겠다고 오열하고 나면 마음속에 응어리가 남았다. 내가 느끼는 감정이 무엇인지 알고 나면 마음은 더 아팠다. 아무리 참으려 해도 눈물이 뚝뚝 떨어질 때 에너지 소모가 컸다. 역할에 따라 감정을 표현하는 법은 다를 것이다. 인물을 탐구하는 과정에서 다양한 감정을 표현하고 공감할 수 있다. 연기는 단순히 무대 위 퍼포먼스가 아니라, 감정의 연결고리가 관객에게 연결된다. 뮤지컬을 보며 다양한 감정을 공부하고 공감할 수 있었다.

뮤지컬 관련 에피소드를 담기 위해 다양한 도전을 하고 있다. 최근 가입한 모임에서 가요제에 참가할 사람을 모집하였는데 용기 내서 신청해 봤다. 참가한 팀들은 실력을 감추기 위해 서로 눈치만 보고 있었다. 리허설을 하기 전 장난식으로 견제도 받았지만, 음이탈 실수 후 일단 깔고 가는 존재가 되어버렸다. 그동안 사람들 앞에서 노래를 불렀던 게 도움이 됐었다. 정면을 응시하고 관객을 바라보며 불렀다는 점에 만족스러운 무대였다. 그러나 열정보다 실력이 중요한 무대였나 보다. 결과는 아쉬웠지만 당당하게 노래를 부르는 모습을 영상으로 남길 수 있었다. 사람들 앞에서 노래를 부르는 게 의미 있는 경험으로 남게 되었다. 어떤 일이든 상상만 해서는 해낼 수 없다. 직접 부딪혀 보고 데이터를 모으는 편이었다. 최근 뮤지컬 〈벤허〉를 관람했는데, 마치 나를 위해 노래를 불러주는 것 같았다.

최근, 배진시 작가의 〈몽샘책방〉 채널에서 인터뷰 의뢰가 들어왔다. 오랜만에 기회가 찾아온 것 같아 그동안 성장한 부분을 기록으로 남기고 싶었다. 질문지를 보내 준다고 했었는데, 유튜브 촬영 당일에 질문지를 인스타그램 쪽지로 받았다. 사무실에 가는 도중에 질문지에 대한 대답을 머릿속에 적어 봤다. 난독증이 심한 편이라, 종이를 보고 읽는 게 오히려 불편하다는 걸 알고 있었다. 그래서 대사를 통째로 암기해야겠다는 생각이 들었다. 그러나 암기하는 시간이 부족하게 느껴졌다.

도전은 늘 불안하고 보이지 않는 결승선을 향해 뛰어가는 것 같다. 그 결승선을 향해 달려가는 과정에서 포기하고 싶을 때도 많았지만 어떻게든 해 보려 한다. 질문지에는 '뮤지컬' 관련 질문이 없었는데 어떻게 하다 보니 뮤지컬을 사랑하는 남자로 이야기가 이어지게 되었다. 배진시 작가는 나에게 뮤지컬 노래를 불러보면 어떻겠냐고 물었다. 배작가 앞에서 노래를 부르는 건 어려운 일은 아니었지만, 흑역사를 유튜브에 남기는 것 같아 조금 망설여졌다. 뮤지컬 〈벤허〉의 〈살아 있으니까〉 이 노래를 암기해 둔 상태였다. MR이 깔린 상태에서 노래를 부르면 박자, 음정이 불안했기에 카메라 화면을 응시하며 생목소리로 노래를 불렀다. 노래를 부르는 내 모습이 어찌나 슬퍼 보이던지, 마지막 내 모습을 남기는 것 같아 울컥했다. 마음을 가라앉히고 고개를 틀어 처음부터 다시 불렀다.

> 누굴 탓하겠어
> 누가 이 고통을
> 덜어줄 수 있겠어
> 기댈 수 없는 거라면
> 오늘을 살아내고서
> 내일을 살아갈 거야
> 살아 있으니까
>
> 《뮤지컬 〈벤허〉 '살아 있으니까' 가사 中》

혼자 걷는 길은 외롭고 지치기 마련이다. 누군가는 새로운 영역에 대한 도전을 멈추지 않는다. "저는 어떤 일이든 도전하는 사람이에요"라고 말하고 다닌다. 아직 부족한 부분이 많았다. 오늘도 일단 부딪혀 보기로 했다. 앞으로 어떻게 될지는 모르겠지만 오늘도 세상에 외쳐 본다. 긴 침묵을 깨기 위해.

4.

매일 즐거워지는 방법

Chat GPT 등장으로 앞으로 사라질 직업이 예상되는 가운데, 작곡가는 사라질 것 같지 않다. Chat GPT란 Open AI사가 2022년 11월 30일 공개한 대화 전문 인공지능 챗봇으로, 대규모 인공지능 모델인 'GPT-3.5' 언어 기술을 기반으로 만들었으며, 2023년 3월 14일 'GPT-4' 버전을 발표했다. 기존 버전에 비해 8배나 많은 문장을 처리하고 사진까지 이해할 수 있게 되었다. AI로 2~3분의 짧은 노래를 초보자도 만들 수 있게 되었지만, 교향곡을 만들 수 없다. 19세기 이전부터 교향곡을 쓰는 사람이 많았지만, 요즘에는 악보를 쓰는 사람은 드물다. 음악은 없어지거나 사라지지 않는다. 불멸의 음악이라 불리는 베토벤의 교향곡을 대중들이 지금도 듣고 있다. 루트비히 판 베토벤은 불멸의 9곡으로 일컬어지는 9개의 교향곡에서 고전파 교향곡의 마지막 완성을 보여줌과 동시에 낭만파 교향곡의 교과서가 되었다.

최근, 뮤지컬 〈베토벤〉을 EMK 제작사가 제작하게 되었는데 초연을 관람하게 되었다. 사랑과 전쟁에서 볼 법한 스토리 때문에 평점이 낮은 편이지만, 음악적으로 보았을 때 훌륭한 작품이란 생각이 들었다. 베토벤이 난청에 시달리게 되면서 지휘를 제대로 하지 못하며 1막이 끝이 난다. 스토리가 아쉬웠던 점은 음악가로 성장하는 과정이 부족했다. 어린 시절 아버지로부터 강압적으로 음악을 배운 트라우마를 보여 주지만, 성공적으로 무대를 마친 장면은 없었다. 커튼콜 때 스토리와 별개로 베토벤 역을 맡은 배우가 장발의 머리카락을 휘날리며 연주자들 앞에서 지휘하는 모습을 보며 온몸에 전율이 흘렀다. 실제로 베토벤을 보는 것 같았다.

베토벤의 아버지는 아들을 이용해 모차르트처럼 만들어 돈을 벌고자 하였다. 아들의 천재성을 부각하기 위해 나이를 속이기도 했다. 베토벤은 유명 작곡가들의 곡을 연주하는 것이 아닌 작품을 창작하고 싶어 했지만, 아버지는 악보대로 피아노를 치길 강요하였다. 1795년에는 자신이 작곡한 피아노 협주곡 2번과 모차르트 피아노 협주곡으로 정식 공연에 데뷔하였고, 본격적으로 피아니스트이자 작곡가로 활동하게 되었다. 기존 연주자들은 하프시코드라는 피아노 이전의 악기를 다루었다. 그러나 그는 작곡가보다는 피아니스트로 주목을 받았는데, 격렬한 퍼포먼스로 귀족들의 눈과 귀를 사로잡았다. 혜성처럼 베토벤이 나타난 것이었다.

Chat GPT가 세상의 이목을 끌었고 지금도 그 영향력은 빠르게 확

산하고 있다. 인터넷과 스마트폰 등장 이후 가장 큰 변화가 될 것이다. AI 시장이 아직 초기 단계이지만 가파르게 성장을 하고 있다. 아직은 정확도가 높지 않다는 평가를 받고 있지만, 이 부분을 보완할 경우 사람보다 글을 더 잘 쓸 것이다. 회사에서 자동문을 고치던 중 점검구가 머리에 떨어졌는데, 크게 다칠 뻔했다. 손으로 막지 않았더라면 철판이 얼굴을 긁으며 바닥에 떨어졌을 것이다. 지금 생각해도 아찔한 순간이었다. "작업을 하던 중 철재에 머리를 부딪쳤다. 앞으로 사람은 어떤 행동을 하게 될까?" 이런 질문을 하였고 Chat GPT는 이렇게 답했다. "머리로 철재가 떨어진 경우, 뇌진탕 등의 부상이 발생할 수 있으므로, 즉시 의료진의 진단과 치료가 필요합니다. 부상 정도에 따라 회복 기간이 달라질 수 있으므로, 의료진의 지시에 따라 치료와 재활을 꾸준히 받아야 합니다. 또한, 이후에도 후유증이 발생할 수 있으므로, 부상 이후에도 주의가 필요합니다." 이외에도 다양한 답변을 받을 수 있었다. "만약, 신체적 손상이 심하다면, 기존에 하던 일을 계속해서 할 수 없는 상황이 될 수 있습니다. 이런 경우, 다시 한번 삶의 방향을 다시 생각해 봐야 합니다. 새로운 일을 찾거나, 재능을 발휘할 수 있는 분야를 탐색해 보는 것도 좋은 방법입니다." 전문적인 지식은 이미 갖추었으며, 인간의 경험까지 흡수하게 된다면 완벽하게 글을 쓸 것 같다. 앞으로 많은 일자리가 사라질 것이며, 새로운 직업이 생겨날 것이다. 하루가 다르게 변하는 세상에서 살아남으려면 트렌드를 배워야 한다.

작은 일에도 감사함을 느껴야 한다는 걸 알면서도 마인드가 쉽게 바뀌지 않았다. 만약, 일하던 도중 얼굴을 다쳤다면 삶의 희망을 잃었을 것이다. 전기를 만질 때마다 다칠 수 있다는 생각이 스쳐 지나간다. 차단기를 내리고 작업하더라도 사다리에서 떨어질 수 있고, 절연장갑을 착용해도 감전 사고로 이어지는 경우가 있기 때문이다. 마음에 무엇을 두느냐에 따라 마음가짐이 달라진다. 근무 중 자꾸 다치다 보니 일어나지 않은 일을 걱정하는 편이다. 4m 높이의 사다리에 올라가 전선을 만지고 있는데, 손에 힘이 들어가지 않았다. 여기서 떨어지면 불 보듯 뻔하기 때문이다.

감사한 마음으로 살아가는 사람이 되려 한다. 사람 마음에 무엇이 담겨 있는지 알 수 없으나 그 행동을 보면 어떤 사람인지 짐작할 수 있다. 일하다 죽을 고비를 넘기고 많은 생각이 들었다. 건강하게 살아가고 있다는 것에 감사함을 느꼈다. 인생이 힘들 때 무엇보다 소중한 건 그 고통 속에서 깨달음을 얻는 것이다. 작은 행복, 타인의 사랑을 느껴 보며 삶의 아름다움을 깨닫게 된다. 주변에 아픈 사람이 없다는 게 다행이다. 인생을 되돌아보게 하는 작품을 보고 나면 삶의 소중함을 깨닫는 순간이 있었다.

단순히 뮤지컬을 관람하며 즐겁게 살아가는 방법도 있다. 뮤지컬 음악을 통해 사랑, 용기, 희망 등 다양한 감정을 느낄 수 있었다. 베토벤은 어느 날부터 귀가 점점 어두워져 의사소통이 힘들어졌다. 베토벤은 빈을 떠나 교외의 작은 마을 하일리겐슈타트로 요양을 떠났지만 아무런 차도가 없었다. 그는 유서를 남길 정도로 절망에 빠졌었다. 그러나 자연 속에서 시간을 보내며 불안한 마음을 가라앉히고 작품 활동에 전념했다. 아무런 소리를 듣지 못한다는 건 안타까운 일이다. 작은 일에도 감사함을 느껴야 한다는 걸 알면서도 마음은 쉽게 바뀌지 않았다.

지금까지도 베토벤이라는 인물을 연구하고 있는 사람들이 있다. 베토벤이 세상을 떠난 후 그의 생애를 다룬 작품들이 출판되었는데, 직접 쓴 것이 아니다 보니 추측일 뿐이다. 그는 작곡가였기에 악보에서 인격을 볼 수 있었다. 깔끔하기로 소문난 모차르트의 자필 악보와는 달리, 베토벤의 악보는 알아보기 힘든 상태여서 음악학자들이 악보를 복원하는 데 애를 먹었다고 한다. 실제로 악보를 보면 낙서를 한 것이 아닐까 하는 생각이 들 정도였다. 문체는 인간이라는 주장이 있는데, 유명 작가들의 문체를 따라 한다고 해서 그 사람이 될 수 없다. Chat GPT로 손쉽게 예술 작품을 만들고 글을 쓸 수 있겠지만, 불멸의 작품이 나올 수 없는 이유는 이렇다. Chat GPT가 전문적인 지식을 갖추고 사람들의 경험을 흡수하더라도 따뜻한 마음으로 세상을 바라볼 수 없기 때문이다. 네이버 해피빈 기부를 통해 조금이라도 도움을 주고 싶었다. 다른 이들에게 행복을 전하는 방법이었다. 마음가짐을 바꾸는 것만으로도 세상이 달라 보일 것이다. 세상이 달라져도 마음만큼은 지키려 한다.

5.
타인을 있는 그대로 바라보는 법

   인스타그램을 시작하면서 생각을 말하고, 일상을 공유하고 있다. 처음에는 책을 캔버스에 올려놓고 핸드폰으로 찍어 게시글을 올렸다. 마음을 움직이는 문장을 사진으로 찍어 인스타그램에 올리는 이른바 #책스타그램을 하고 있었다. 인스타그램은 책을 내고 나서야 시작했는데, SNS를 통해 홍보하기로 했다. 우선 도서관에 다니는 사람을 팔로우했는데, 책을 도서관에서 빌리는 사람들에게 "제 책을 희망도서로 신청 좀 해 주실 수 있을까요?"라는 다이렉트 메시지를 보냈다.

   회사에서 업무를 하던 중 인스타그램 DM을 받았는데 머리가 하얘졌다. 그 메시지에는 장문으로 욕설이 담겨 있었는데, 팔로우만 신청해 놓고 광고 글을 보냈다는 것에 불쾌하다는 내용이었다. 거기서 끝나지 않았다. 이번에는 네이버 블로그에 찾아와서 비밀 댓글로 욕설을 남긴 것이었다. 블로그를 이제 막 시작하는 사람 같았는데, 공개적으로 댓글을 달 것이지 왜 비밀 댓글로 달았을까? 스스로 떳떳하지 못하다는 걸 본인도 알았을 것이다. 부정적인 댓글에 의기소침해져 메시지를 더 이상 보내지 않았다. 글을 쓰는 사람은 겸손해야 하지만, 그렇지 못한 적이 있었다. 동료 작가의 신작이 출간되었고, 감사하게도 선물을 받았다. 다른 사람의 경험이 아쉬울 수 있으나 그 부분을 이해하지 못했던 것 같다. 너무 솔직한 생각을 블로그에 서평으로 남겼다. 서평을 다시 읽어봤다. 상대방이 읽어 보았을 때 기분 나쁠 수 있는 부분은 지웠다.

글을 쓰다 보니 자연스럽게 자신의 견해를 밝히는 사람이 되었다. 평론가라는 직업은 어떤 기준으로 작품을 해석하고 이해하는지 궁금했다. 평소 친분이 있거나 유명한 가수의 작품을 비평하기란 쉽지 않을 것이다. 우리 삶에서 평점이 기준이 되기도 하는데, 높은 평점일수록 작품에 대한 기대감이 높을 수밖에 없다. 상품 구매 후 리뷰를 신경 써서 다는 편은 아니다. 포인트를 적립하기 위해 열 글자 정도 채우고 평점은 5점을 눌렀다. 뮤지컬을 서른 번 정도 봤지만, 관람평을 써 본 적은 없다. 그동안 관람한 작품 중 아쉬운 작품도 있었다. 그렇다고 해서 낮은 평점을 줄 수 없었다. 어떤 작품이든 배우들은 최선을 다해 준비했다는 걸 알기 때문이다. 다른 사람에게 인정받기란 쉽지 않다. YES24 홈페이지에서 동료 작가 책을 검색해 봤다. 친분이 있는 사람이 쓴 리뷰 같은데, 평점을 낮게 준 것이었다. 물론 다른 사람을 평가하는 건 자유이지만, 이해하기 힘들었다. 힘들게 원고를 쓴 과정을 알기에 책 리뷰는 만점을 주는 편이다.

타인에게 인정받으려면 타인을 인정할 줄 알아야 한다. 오랜 시간

우정을 쌓은 친구라도 갈등이 생길 수 있다. 오랜만에 만나도 헤어질 때 불편한 마음으로 헤어지는 친구가 있었다. 관계를 유지하기 위해 애를 썼던 것 같다. 나이가 들수록 인간관계에서 중요한 건 존중하는 마음이란 생각이 들었다. 본인이 우월하다고 생각하는 친구였는데, 만날 때마다 외모를 지적하니 기분이 좋을 수가 없었다. 만날 때마다 불편한 감정이 계속해서 이어졌다. 친구 사이에 조언 정도는 할 수 있으나 본인 밑으로 생각하는 게 느껴졌다. 오랜만에 만난 지인과 대화를 하다 보면 즐겁기 마련인데, 그 친구와 시간을 보낸 후 귀가할 때면 모든 기운이 빠져나갔다. 타인을 평가하기 전 본인은 어떤 수준인지 알 필요가 있다.

대인관계에 회의감이 들었다면 긍정적인 사람을 만나야 한다. 나이가 들수록 새로운 사람을 만날 기회는 줄어들고 관계를 맺는 게 점차 어려워진다. 모임을 통해 다양한 사람을 만날 수 있다. 상대방에게 처음부터 다 맞춰 줄 필요는 없는 것 같다. 강한 사람에게는 약하고, 약한 사람에게는 강한 태도를 보이는 사람이 은근히 많다. 무례한 질문도 자연스럽게 받아들이는 사람도 있지만, 나처럼 꿍해 있는 사람도 있을 것이다. 상대방을 배려하고 좋은 관계를 쌓는 것이 올바른 태도라고 생각하는 편이다. 모든 사람과 관계를 맺으려고 노력할 필요는 없다. 많은 시간과 노력을 쏟더라도 관계가 형성되지 않기 때문이다. 칭찬은 고래도 춤추게 한다는 말이 있듯이 긍정적인 말 한마디가 상대방에게 어떤 의미인지 깨달을 필요가 있다.

내가 생각하는 기준에 상대방이 미치지 못하더라도 존중할 줄 알아야 한다. 삶의 태도를 중요하게 생각하는 편인데, 오히려 가족에게 좋지 않은 말을 할 때가 있었다. 글을 쓰며 반성하고 후회하면서도 시간이 흐르면 그 행동을 혼자만 잊게 된다. 사랑하는 사이라 할지라도 서로를 존중하며, 침범해서는 안 되는 선을 그어 둘 필요가 있다.

"일상생활에서 대부분 사람은 다른 사람을 바꾸려고 매우 노력하고 시도한다. 그러나 이는 뜻대로 잘되지 않는다. 그 원인은 자기 생각을 바꾸려 들지 않기 때문이다. 즉 상대방의 내면세계를 깊이 살피지 못하면 상대의 문제를 해결할 수 없다. 상대의 관점에서 생각하는 것은 감정을 이입하는 과정이기 때문에 진심으로 상대를 이해하고 그 사람 입장에 서서 그가 느끼는 감정을 똑같이 느껴야 한다."

(저자 장원청의 《심리학을 만나 행복해졌다》 중에서)

눈썰미가 없는 사람들은 다른 사람들의 변화에 크게 신경 쓰지 않는다. 오히려 눈썰미가 좋은 사람이 착각하는 부분이 있는데, 상대방에게 이렇게 바꾸면 훨씬 더 좋을 것이라고 말한다. 상대방도 나와 비슷한 사람이 되길 하는 바람에 말하는 것이다. 그동안 상대방의 장점을 찾아주는 것이 아닌 아쉬운 부분을 지적했다는 걸 최근에 깨닫게 되었다. 눈에 보이지 않더라도 경계선을 다른 이가 허락 없이 침범하는 것이 불편했던 적 있지 않은가? 타인과 거리를 조절하는 것은 자연스러운 선택이며, 지키고 싶은 영역이 있을 것이다. 주변에 '멘탈 브레이커'가 있다면 부정적인 생각에서 벗어나기 위해 적절한 거리를 두어야 한다. 타인과 관계를 유지하면서도 적절한 거리를 유지하는 게 내 마음을 지키는 방법이었다.

 나 자신을 냉정하게 평가할 줄 알아야 한다. 본인만 생각하는 사람들은 객관적으로 자신을 돌아보는 능력이 부족할 수 있다. 글을 쓰다 보면 겸손과 멀어지는 날도 있었다. 오래전부터 글을 써온 게 아니라서 재능이란 생각에 자아도취에 빠졌었다. 어떤 일이든 자신을 먼저 생각하다 보면 본질을 잃게 된다. 일주일 뒤에 원고를 다시 읽었더니 형편없었다. 자신을 위해 글을 쓰다 보니 독자를 위한 글이 아니었다. 의미 있는 메시지를 전달하기 위해선 독자의 입장이 되어 봐야 했다. 당연하게 여겼던 것들이 당연한 일이 아님을 어느 순간 깨달았다. 서로를 이해하며 함께 성장하는 관계는 쉽게 끊어지지 않는다. 본인은 어떤 사람이고 타인을 어떻게 생각하는지 되돌아볼 필요가 있다.

6.

내 곁에 소중한 존재

삶이 힘들 때 무너지지 않고 살아가야 할 용기를 준 건 책이었다. 희망을 찾기 위해 책을 읽었다. 삶이 전혀 즐겁지 않은 사람들이 있다. 그들에게 용기를 주고 싶은 건 오지랖일까. 한 번 사는 인생인데, 그동안 무엇이 두려웠던 것일까. 자기계발을 하기 전 삶은 어쩔 수 없이 숨만 쉬며 살았던 것 같다. 다양한 사람을 많이 만났다고 생각하는 편이었는데, 자존감이 낮은 사람을 보면 마음이 아프다. 그들에게 해주고 싶은 말은 많은데, 어떻게 위로를 해야 할지 모르겠다. 본인의 가치를 함부로 낮추지 않았으면 좋겠다.

"손목에 그건 뭐예요?"
"아, 이거 그냥 낙서 좀 해 봤어요."

두 손목에 여러 줄로 새겨진 흉터가 있는 사람을 보았다. 얼굴도 예쁜 사람이 손목을 긋다니, 드라마에나 있을 법한 이야기를 실제로 보게 되니 좀 충격이긴 했다. 그 사람이 어떤 삶을 살아왔는지는 모르겠지만, 자신감이 부족하고 자존감이 낮은 사람이었다. 나도 죽고 싶은 적이 있었다. 집에만 들어오면 마음이 불안하고 답답했다. 집에서 웃는 일은 거의 없었다. 좀처럼 나아지지 않는 형편에 깊은 한숨을 내쉬었다. 어디서 본 적이 있어 선풍기를 틀고 방 안을 밀폐시켰던 적도 있었다. 의미 없는 행동이었지만.

이런 상황에서도 누군가에게 위로를 받고 싶었고, 채워지지 않는 공허함이 있었다. 주변에서 반려묘를 키우는 사람이 있었는데, 집에 초대받아 고양이를 만져볼 기회가 생겼다. 고양이가 먼저 다가와 머리로 툭 치고 가는데 고양이의 매력에 푹 빠져 버렸다. 결국, 고양이를 펫샵에서 데려왔다. 품종은 러시안블루이고, 수컷 고양이인데 애교가 많았다. 이름은 토리로 지어 줬다. 고양이는 사람을 거대한 고양이로 본다. 고양이는 후각, 청각, 습관으로 보호자를 알아볼 수 있다. 강아지는 사람의 표정을 읽을 줄 알지만, 대부분 고양이는 읽을 줄 모른다. 어쩌면 모든 고양이가 그럴지도 모른다. 고양이는 사람을 알아볼 때 냄새를 맡는다. 퇴근할 때 현관에서 기다리고 있는 고양이에게 안쓰럽기도 하지만 마중 나와 있는 모습을 보면 웃음이 절로 나온다. 고양이는 사람 패턴을 잘 기억하는 편이다. 신기하게도 아침에 못 일어나고 있는 나에게 다가와 머리로 툭 치고 가는데 지각을 피한 적도 있었다. 고양이는 내 마음을 아는지 모르는지 지치고 힘들 때 먼저 다가와 줬다.

뮤지컬 〈캣츠〉 내한 공연을 볼지 말지 망설이다 결국 예매하지 않았는데, 내한 공연은 그렇게 끌리지 않았다. 〈캣츠〉는 1981년 영국 런던 웨스트엔드의 뉴 런던 극장에서 막이 올랐고, 1982년 미국 브로드웨이의 윈터 가든 극장에서는 엇갈린 평가를 받았다. 뮤지컬은 2012년까지 전 세계적으로 35억 달러(4조 원)의 수익을 올리며 전례 없는 상업적 성공을 거두었다. 한국에서 한국 배우들이 마지막으로 공연한 게 2011년도인데, 고양이 분장을 하고 몸이 유연해야 해서 쉬운 무대는 아니다. 〈캣츠〉 뮤지컬 배우들은 초연부터 스스로 메이크업을 하고 무대에 오르는 게 전통이며, 멀리서도 고양이들을 구분하기 위해 배정받은 향수를 뿌린다. 뮤지컬 〈캣츠〉에서 넘버 〈Memory〉는 대표곡인데 영화 〈캣츠〉 개봉 전 자국어 버전으로 요청한 나라는 많았지만, 옥주현 배우가 부른 한국어 버전만 유일하게 허용됐다.

> Touch me 나는 살아 있어요
> 혼자 남겨진 나의 손을 잡아줘요
> 함께라면 행복이 뭔지 알 거예요
> 자, 새로운 나를 위해
>
> 《영화 〈캣츠〉 OST 커버송 'Memory' 가사 中》

삶의 만족도는 사람마다 다를 것이다. "우리보다 못사는 사람도 있어"라는 말이 숨이 턱 막혀 왔다. 배우 윤여정은 "배우는 돈이 급할 때 연기를 제일 잘한다. 나는 배고파서 연기했는데 남들은 극찬하더라"

라고 말했다. 현실에 안주하는 것만큼 위험한 것은 없다. 현실에 안주하는 순간 남들보다 뒤처지게 되는데, 다른 누군가는 격차를 벌리기 위해 앞으로 나아가기 때문이다. 지금보다 잘되고 싶다. 그런데 절실하지 않으면 안 하는 성격이었다. 세 시간 동안 같은 자세로 글을 쓰는 것보다 삼십 분 동안 헬스장에서 운동하는 게 더 힘들었다. 지치지 않고 뛰어다닐 체력은 있었지만 근력 운동은 조금만 해도 금방 지쳐버렸다. 체격을 키우기 위해 운동을 하는 과정이 내게는 고통스러웠다. 다음 작품에는 운동으로 만족하는 삶에 대해 써 볼 생각이다. 몸과 마음을 건강하게 만들기 위해.

마음이 무너지지 않는다면 정신력은 더욱 강해진다. 직장에서 인정받기 위해 모든 에너지를 쏟아부었는데도 아무도 알아주지 않아 속상한 적도 있었다. 마음속에 세워진 기둥이 조금씩 균열이 생기다 보면 멘탈이 한순간에 무너지게 된다. 불확실한 일에 에너지를 쏟다가 방전된 배터리가 된 것 같았다. 체내 에너지가 고갈된 상태였다. 이런 상태에서 무엇을 하든 고되게 느껴졌다. 정서적으로 우울감마저 들었다. 사람마다 사용 가능한 에너지양이 다르다. 에너지가 고갈되지 않도록 신경 써야 하며, 억지로 끌어 쓰는 걸 반복해선 안 된다. 정신력이 강하더라도 한순간에 무너지는 이유는 마음 깊은 곳에 있는 상처가 아물지 않았기 때문이다.

인생을 즐기는 방법은 어떻게 해야 발견할 수 있을까? 어떤 일이든 다 해 봐야 하나라도 건질 수 있다. 고양이는 사람을 알아볼 때 얼굴 생김새로 구분하지 않는다. 끊임없이 냄새를 맡아보고 집사 행동을 관찰하며 확신이 들 때 옆으로 와 벌러덩 눕는다. 고양이가 사람에게 약점인 배를 보인다는 건 신뢰한다는 의미이기도 하다. 러시안블루 암컷도 키우고 있는데, 이름은 제니로 지어 주었다. 제니랑 함께한 시간이 벌써 5년이 지났는데도 가까이 다가가면 팔에서 피가 뚝뚝 떨어진다. 토리는 나를 닮았는지 허당기가 있는 편이다. 화장실에 들어가서 볼일을 보고 모래를 덮는 것이 아니라 화장실 벽 쪽 부분을 긁는다. 그런 모습을 보면 웃음이 저절로 나온다. 캣츠 뮤지컬 배우들은 고양이처럼 네 발로 걷는다. 고양이랑 친해져 보겠다고 실제로 네 발로 걷는 흉내를 내본 적도 있었다. 관심이 없는 척하고 등도 돌려봤다. 언제나 토리는 내 곁으로 먼저 다가왔다. 행복이 무엇인지 조금은 알 것 같았다. 삶에 있어서 균형을 유지하는 것이 중요하다. 문화생활도 즐기며 여행도 다닐 필요가 있다. 업무와 가정도 중요하지만, 마음이 무너지지 않아야 한다. 내 곁에 소중한 존재가 있다면 숨겨져 있던 새로운 감정을 느낄 수 있다.

7.
뮤지컬 속에서 얻은 나만의 성공

성공의 기준은 무엇일까? 성공의 기준은 사람마다 다를 수 있지만, 설정한 목표를 성취하는 것이 일반적으로 기준이라 볼 수 있다. 행복, 인간관계, 건강, 금전 등 다양한 측면에서 만족감을 느끼는 것이 중요하다. 산다는 게 축복이라 생각했던 적은 거의 없었다. 어쩔 수 없이 받아들여야 하는 상황이었다. 내 삶이 솔직히 마음에 안 들지만, 인생이란 무대에서 포기하지 않으려고 과거 모습에서 벗어나려 하고 있다. 삶의 여정은 때론 험난하고 가시밭길을 걸을지 모르지만, 모든 도전을 이겨 내며 나아가는 것이니. 작은 별빛은 원래 잘 안 보인다. 그러나 존재하는 건 변함없다. 칼바람이 부는 것처럼 느껴져도, 몸을 잠시 피하면 그만이다. 비록 내 삶이 눈부시지 않더라도 더 나은 내일을 기다리고 있다.

뮤지컬 작품에서 극적인 사랑 이야기가 내 마음을 울리는 줄 알았는데, 사랑 이야기가 아닌 꿈이 담긴 이야기를 좋아하는 것이었다. 뮤지컬 〈일 테노레〉를 보며 오랜만에 내 마음이 간절해졌고, 내가 어떤 삶을 살고 싶었는지 알게 되었다. '일 테노레'는 이탈리어로 테너를 뜻한다. 일제강점기 시대에 목숨을 걸고 싸우는 조선인들의 이야기, 아들이 의사가 되길 바라던 아버지의 뜻을 거스르고 꿈을 꾸는 한 청년의 이야기였다. 조선인들의 공연이 억압되는 상황에서 청년들은 자유롭게 노래하길 소망하였고, 또 다른 주인공들은 항일 운동을 하는 내용이었다. 음악에는 힘이 있다. 뮤지컬 배우가 노래하는 3~5분 동안 다른 세상에 빨려 들어가는 것 같았다. 대극장에 나올 때마다 다른 차원에 있다 나오는 듯한 기분이 들었다. 무대 위에 서 있는 배우들이 눈부시게 빛나는 별처럼 보였다. 조금 과장된 부분이 없지는 않지만, 내겐 그렇게 느껴졌다. 눈부시게 빛나는 사람은 자신을 비추는 것이 아니라, 주변을 따듯하게 비추며 다른 이들에게 희망의 등불이 되어 준다.

행복한 모습을 매일 머릿속에 그려본다. 그러나 약한 바람에도 꺼지는 촛불처럼 행복한 마음을 유지하는 게 어려웠다. 평소에 소소한 행복을 찾아 이런 감정을 SNS에 공유하는 사람은 아니다. 언제나 행복이란 단어보다 불행이라는 단어를 떠올렸다. 남들에게 행복하게 보이려 애쓰는 사람도 있다. 삶에 지친 이야기로 들릴 수 있겠지만, 나 자신을 정의할 때 행복을 찾아가는 사람이라고 말한다. 삶의 질이 높아지면 마시는 물부터 달라진다. SNS에 대한 부정적인 이야기가 많은데 행복한 일상을 게시글로 올려 사람들을 현혹하는 게 문제인 것 같다. 솔직한 내 감정을 SNS에 공유하는 편이다. 감당하기 힘든 일이 닥치면 마음먹었던 것을 포기하고 싶은 마음이 들기 마련이다. 누구나 불행해질 수 있다는 걸 잘 알고 있다. 긍정적인 생각을 해야 한다는 건 누구나 알 것이다. 나이가 들수록 냉정하게 생각했을 때 소소한 행복으로 만족하는 삶을 살 수 없었다. 나는 행복을 위태롭게 붙잡고 있는 것 같다.

불행하다는 게 결코 나쁘다고 할 수 없다. 24시간 동안 행복한 감정을 느끼는 사람이 얼마나 있을지 모르겠으나, 노력한 만큼 결과가 좋지 않다면 좌절감을 느낄 수 있다. 작은 일에도 스트레스를 받는 사람이 있을 텐데, 인생은 멘탈 게임이라는 생각이 들었다. 정신력을 키우기 위해 훈련하는 운동선수처럼 멘탈 관리는 일반인에게도 중요하다. 《오늘도 마침표 하나》의 공동 저자 송숙현 작가를 만나게 되었다. '생각개선연구소' 대표이며, 동기부여 작가로 활동하고 있다. "당신은 당신의 생각보다 강합니다"라는 말을 내게 해 주었다. 어쩌면 내가 그토록 듣고 싶었던 말이었는지 모른다. 그동안 나의 가치를 인정해 주는 사람을 만나지 못했던 것 같다. 최근, 내 삶의 변화는 다양한 사람과 교류를 하며 배움을 얻고 있다는 점이다. 오늘 만남을 블로그에 기록해 주었는데, "느낌이란 건 통할 때 힘이 있다. 사람은 비슷한 것에 끌린다." 작가는 독자들의 마음을 헤아려 어루만져 주는 역할을 한다. 앞으로도 문장에 마침표를 찍다 보면 나를 먼저 찾는 사람이 있을 것이다. 누군가에게 희망을 줄 수 있다면 나만의 성공이라 말할 수 있을 것 같다.

이 세상이 하나의 무대라면 내가 맡은 역할도 하나의 캐릭터라고 할 수 있다. 뮤지컬 속 인물을 바라보는 과정에서 배우가 느끼는 감정을 전달받는다. 눈빛만으로도 어떤 감정인지 느껴졌다. 작품에서 주인공은 나약했던 시절도 있었지만, 부족한 부분을 인정하며 성숙해지는 과정을 그렸다. 남을 위해 산다는 건 마음이 시켜야 하는 것 같다. 알 수 없는 감정에 타인에게 이끌린 적이 있는가? 단순 호기심일 수 있으나 마음이 움직였기에 가능하다. '절망적인 상황에서 희망을 잃지 않아야 한다.' 뮤지컬 작품에는 이런 메시지를 담고 있다. 어둠 속에서도 한 줄기 빛이 희망이었다. 사람은 상처받을 때 마음이 무너지기도 하지만, 더욱 강해지는 법을 터득하게 된다.

뮤지컬 〈베토벤 시크릿 시즌 2〉를 보기 위해 광화문에 있는 세종문화회관으로 향했다. 배우마다 작품 해석을 다르게 하므로 같은 작품을 두 번 이상 보는 편이다. 베토벤의 음악을 중심으로 하여 청력을 잃어 가는 과정에서 안토니 브렌타노와 이루어질 수 없는 사랑 이야기를 그려 낸다. 이 작품은 '절망'이란 단어가 자주 나온다. 사랑의 아픔으로 인해 '절망이여'라고 노래를 불렀지만, 사랑을 깨닫는 과정에서 '내 꿈이여'라며 노래를 부르는 것이 인상적이었다. 뮤지컬을 관람하는 동안 삶에 대해 생각하게 되었는데, '희망이 사라질수록 절망으로 가득 채워지는 게 아닐까?'라는 생각도 들었다.

짙은 안개 속에 갇혀버린 나의 영혼

아무것도 희미한 불빛도 보이지 않아

어둠뿐

절망 침묵만이 희망 없는 대답 고요함

그 무엇도 내겐 의미 없어

벗어날 순 없어 난

《뮤지컬 〈베토벤 시크릿 시즌 2〉 '절망만이 나의' 가사 中》

   다른 사람 앞에서 발표하거나 모르는 사람과 대화할 때 긴장하는
편이었다. 사람들 앞에서 발표하다 망신을 당한 뒤 스피치 학원을 등
록했다. 6주간 스피치와 보이스 트레이닝을 받으면서 조금이라도 당
당해지기 위해 수업을 들었다. 이런 훈련 과정을 통해 남은 학기 동안
발표를 무사히 넘길 수 있었다. 아직 부족한 부분이 많았지만, 성격을
바꾸기 위한 도전은 지금도 진행 중이다. 공개 오디션에 참가하는 사
람들을 보면 작품에 캐스팅되는 게 쉽지 않은 것 같다. 작품에 캐스팅
되기 위해 캐릭터를 분석하고, 대사, 감정선, 호흡, 눈빛 등 연기 연습
을 한다. 오디션에 합격하기 위해 노력하였지만, 탈락하게 되면 좌절
감을 느낄 것이다. 배우는 그러면서 성장하는 것 아닐까 싶었다. 무대
에 올라 치열하게 살아가면서 느꼈던 감정을 진심을 담아 노래를 불
렀을 것이다. 높은 경쟁률을 뚫고 배역을 맡아야 하는 배우의 삶은 좌
절감을 맛보기도 하고 힘든 시간을 견뎌야 하지만 두려움은 경험을

통해 극복될 수 있다. 글을 쓰기 시작하면서 많은 변화가 일어났고, 새로운 인물이 등장했다. 어둠에서 익숙해지면 두려움은 점차 사라지고 보이지 않았던 사물들의 형태가 보이게 된다. 절망적인 상황에서도 희망을 잃지 말아야 한다.

8.

내 인생은 뮤지컬

주변 환경이 내 의지와 다르게 바뀌는 게 버겁게 느껴졌다. 최근 다니고 있는 직장은 사무실 직원이 5명인데 여섯 달 동안 직원이 11명이 바뀌었다. 이 회사를 계속 다녀야 할지 고민이 깊어졌다. 이런 상황에서 결정을 쉽게 내리지 못하는 이유는 다른 회사에 가더라도 이보다 열악한 근무 환경일 수 있었다. 그러나 이곳은 권력에 심취해 있는 이들이 있었으니 언제라도 그만둬야 한다는 불안감이 컸다. 계약직이라서 재계약이 안 될 가능성도 있다. 재계약이 안 되면 자존심이 상할 수 있겠지만, 자격증이 있기에 취업은 어렵지 않아 그나마 다행이었다.

본인의 능력이 아쉬울 수 있으나 스스로 믿어야 한다. 처음 하는 일은 당연히 어려울 수밖에 없다. 그렇다고 해서 스스로 가치를 낮추는 행동을 하게 되면, 남들에게 오히려 신임을 잃게 된다. 장기적으로 보았을 때 이 직장에 오래 다닐 필요는 없을 것 같았다. 업무를 하다 보면 작은 문제가 생겨도 직원 탓으로 돌리려 하고, 공사를 맡긴 업체에

돈을 제대로 주지 않아 이해하기 힘들었다. 업체는 일정을 앞당겨서 일을 마무리해 주었는데, 이건 비정상적인 행동이라 본다. 직원을 본인 입맛대로 바꾸는 것도 비정상적이었다. 이런 일에 스트레스를 받지 않으려 한다. 이곳에 있는 동안 경력을 쌓는 일에 중점을 두기로 했다. 이 회사에 다니면서 전자책 출간, 종이책 원고 작성 등 몇 가지 목표를 이루었다. 다음 무대에 오르기 위한 준비하는 과정이라 생각하고 있다. 따듯한 사람들을 보면 항상 겸손함을 잃지 않으며, 누군가에게 별처럼 빛나는 존재이기도 하다.

인생이란 뮤지컬 작품에서 나는 어떤 역할을 맡은 것일까. '돈 없는 집안에 태어난 아들' 역을 수십 년째 맡고 있다. 내가 맡은 역할을 몰입하고 있는 것일까? 아니면 노력해도 변하는 건 없다고 판단을 내린 것일까. 이런 생각을 하면 할수록 내 삶에 도움이 되는 건 없었다. 집에만 들어오면 답답함이 가슴을 짓눌렀다. 조선 시대에 태어났으면 "우리 집은 어느 대감집 노비였겠다"라는 말을 한 적이 있다. 인생이란 무대에서 내가 맡은 역할이 만족스럽지 않았다. 그렇다고 해서 세상을 부정적으로 바라보는 건 아니다. 화목하지 않은 집안에 태어난 게 아쉬울 뿐이었다. 인생을 바꿀 기회는 누구에게나 있다고 생각하는 편인데, 실행력을 높이는 게 중요하다.

평소와 다른 모습을 연출하다 보면 에너지 소모가 클 것이다. 배우는 촬영장에서 슛이 들어가면 그 인물로 몰입하는 걸 보고 연기라는 게 이런 건가 싶었다. 감탄하며 '연기 장난 아니다'라는 생각이 들었다. 가상세계를 도피처로 생각한 시절이 있었다. 그랬던 사람이 더 나은 삶을 살기 위해 노력하고 있다. 물론 포기하고 싶은 순간이 찾아온다. 내가 맡은 배역이 앞으로 세상에 알려지지 않을 인물이더라도 다른 삶을 살아보고 싶었다. 배우들은 다양한 직업을 연기하는 과정에서 새로운 삶을 경험한다. 이들은 다양한 경험을 통해 연기에 잘 녹여내어 더욱 풍부하고 생동감 있는 연기를 선보인다. 따라서, 새로운 경험과 다양한 시각을 가진 사람들이 다양한 분야에서 성장할 수 있다.

단순히 작가가 되고 싶어 글을 쓴 부분도 있지만, 이런 의지로는 원고 100p를 채운다는 게 쉬운 일은 아니었다. 글쓰기 수업료 500만 원이 필요해서 주식 통장에서 손해를 보더라도 출금했다. 죽을 각오로 글을 썼지만, 수강료가 더 필요해서 좌절감이 들었다. 돈이 없어서 꿈을 이루지 못한다는 게 마음이 아팠다. 어떻게든 결과물을 만들기 위해 은행에서 돈을 더 빌렸다. 끝까지 해내고 싶었고 이거 아니면 안 될 것 같았다. 첫 번째 저서는 인생에서 가장 의미 있는 결과물이었다. 인생을 살다 보면 작은 일에도 화가 나거나 짜증이 나기도 하지만, 작은 것에도 감사함을 느끼며 살아가는 이들도 있다. 나는 작은 일에도 행복을 느끼는 캐릭터는 아니기에 "여러분 세상을 살아가며 감사함을 느껴야 합니다"라고 말하는 역할은 나중에 맡도록 하겠다. 조금씩 성장하는 모습을 글로 보여 주고, 다른 작품에서도 좋은 성과를 내는 것이 중요했다. 글을 쓰는 과정에서 절망보다 희망이란 단어로 글을 채웠던 것 같다. 내 삶에서 부정적인 부분을 지우고 희망을 덧칠하는 과정을 반복하며 조금씩 성장하고 있다. 가끔 성장통으로 힘들 때도 있었다.

준비가 되지 않은 상태에서 생각만으로 새로운 일을 찾기란 쉽지 않았다. 올해 초 새로운 곳에 취직하여 24시간 동안 2인 1조로 근무를 하였지만, 생각했던 곳이 아니었다. 사무실 옆 창고는 직원들 흡연 장소였다. 사무실은 담배 냄새로 찌들어 있어 두통이 느껴졌다. 다른 곳을 알아봐야 했다. 또 다른 곳에 면접을 보러 갔다. 면접을 보는 과정에서 "또 다른 일을 하는 거 있으세요?"라는 질문을 받았다. 본업과 병행하며 일하려는 사람이 있어 채용하기 전 질문하는 것 같았다. '저는 글을 쓰는 사람입니다'라고 대답을 할 순 없었다.

글을 통해 사람들의 마음을 움직이고 긍정적인 변화를 일으킬 수 있다고 믿는다. 그러나 현재 맡은 역할이 마음에 들지 않아 불만을 드러내기도 했다. 재작년부터 글을 쓰는 사람이 되었는데, 내 삶의 인생 캐릭터로 남았으면 하는 바람이다. 앞으로 사라질 직업에 대한 글을 찾아보기도 하고 글도 쓰는 편이다. 10년 전에도 들었던 말을 면접 중 듣게 되었다. "기술직은 기계로 대체가 안 돼." 이 주장에 대해 공감되는 부분도 있지만, 다양한 활동을 하고 싶은 마음이 컸기에 귀담아듣지 않았다.

생각이 많은 사람은 부정적인 생각에 빠지기 쉽다. 자신에게 격려의 말을 건네면, 마음이 조금 정리가 되는 것 같았다. 그리고 긍정적인 에너지를 얻을 수 있었다. 긍정적인 글을 써놓고 녹음하여 듣게 되면, 그동안 꾹꾹 담아두었던 응어리가 사라지게 된다. 타인에게 듣고 싶었던 말을 들으니 마음이 한결 가벼워졌다. 글을 쓰기 시작하면서 새로운 모습을 찾을 수 있었다. 무엇보다 절실해서 글을 쓰긴 썼는데, 몰입이 잘 됐던 것 같다. 어느덧 원고를 일 년 동안 쓰고 있다. 글을 쓴다는 게 쉬운 일은 아닌 것 같다. 남들이 내가 쓴 글을 어떻게 봐줄까 하는 걱정이 늘 앞섰지만, 끝까지 채워야 했다.

직장에서 새로운 역할도 쉽지 않았다. 3교대 근무에서 주 5일 근무로 바뀔 기회가 왔는데도 두려움 때문에 망설였다. 직접 몸으로 부딪쳐 봐야 배움을 얻을 수 있었고, 자신의 가능성을 믿고 도전해 보는 것이 중요했다. 글을 쓴다는 건 한 페이지씩 채워 가는 것이고, 책을 쓴다는 건 한 페이지씩 줄여 나가는 과정에서 깨닫는 부분이 있었다. 인생은 퍼즐처럼 하나씩 맞추는 과정에서 성장이란 걸 하게 된다. 그러나 퍼즐 조각을 잘못 맞추게 되면 뒤집어엎기도 한다. 그렇다고 해서 모든 것이 초기화가 되는 건 아니다. 인생이란 무대에서 나의 이야기는 앞으로도 계속 이어질 예정이다. 두려운 마음을 곡괭이로 날마다 깨부수며 나 자신과 싸우고 있다. 앞으로도 인생이란 무대에서 작품 활동을 꾸준히 할 계획이다. 새로운 배역을 맡았기에.

제5장

인생이란 무대에서
뮤지컬처럼

1.
인생의 무대를 즐기며 살아가기

　세계 최대 헤지펀드인 브리지워터의 레이 달리오는 이런 말을 남겼다. "성공하고 싶다면 자신의 최대 약점에 대해 스스로 솔직해지는 것부터 시작해라." 글을 쓰다 보면 감추고 싶은 내면을 드러내야 할 때가 있다. 글을 통해 내 생각과 감정을 자유롭게 표현하며, 때론 아픔을 글에 버리기도 한다. 글쓰기는 나에게 있어 가장 솔직해지는 시간이 되었다. 자신의 경험을 통해 글을 작성하고 다듬고 다듬었다. 내 감정을 온전히 보여 준다는 게 쉬운 일은 아니었다. 우선, 날 것 그대로 표현하려면 부끄러운 감정은 버려야 한다. 있는 그대로 날것을 보여 준다는 생각으로 쓴 적도 있었다. 그렇지만 시간이 지나면 이건 좀 아니다 싶었다. 이렇게까지 솔직하게 써서 뭐 하나 싶어졌다. 감정을 표현할 때 조작된 느낌을 주지 않도록 신경을 써야 했다. 어떻게 글을 쓰면 독자에게 솔직하게 보일지 고민을 했었는데, 찌질한 모습이라든가 인간적인 모습을 보여 주기 위해 작성한 글은 엉성하였지만 다듬어지지 않은 본모습을 보여 줄 수 있었다.

본인의 능력을 드러내지 않고 때를 기다리는 사람이 되어야 한다. 사실 잘되지 않는다. "저는 글을 쓰는 사람이오"라고 말한 적도 많으니. 최근, 직업이 중요하다는 것을 절실히 느꼈다. 새로운 사람들을 만날 때 사람들은 다른 사람의 직업을 알고 싶어 한다. 처음 본 사람이 내게 직업을 물어보면 "전기 쪽 일을 한다"라고 답한다. 보통 직업을 밝히면 더 이상 묻지 않았다. 나이가 어릴 땐 내가 잘된 부분을 타인에게 말하고 싶어 입이 근질근질했던 적도 있었다. 지금 돌이켜 보면 대단한 것도 아니었다. 겸손한 자세를 갖춘 인물을 보면 배울 점이 많은 듯하다.

어릴 적부터 나이가 들면 어느 정도 성공한 삶을 살고 있을 거라 믿어왔다. '내 인생은 잘될 것'이라고 항상 생각했던 것 같다. 이러한 심리는 자기 효능감(Self-efficacy)이라고 알려진 심리인데, 본인의 능력과 능동성에 대한 믿음을 갖고 있다. 성취를 위한 동기부여, 어려움에 대한 대처, 목표 설정과 추구 등 긍정적인 영향을 미친다. 하지만 아무런 준비 없이 꿈꾸면 이루어지길 바라고 바랐던 것 같다. 무엇을 해야 할지 막막했던 시기에 글쓰기 수업을 듣게 되었다. "나를 드러내야 한다"라는 말을 '자이언트 북 컨설팅' 대표님에게 배웠다. 내가 생각하고 말하는 게 정답이 아닌데도 글을 쓰다 보면 악당은 항상 등장하게 되고, 나는 주인공처럼 묘사하려 할 때도 있었다.

경청을 통해 상대방에게 신뢰를 얻을 수 있다. 내가 아는 지식이더라도 끝까지 듣는 게 바람직하다. 상대방의 말을 가로채면 다른 사람들이 보았을 때 '저 사람 또 본인 자랑하려 하네'라고 속으로 흉볼 수 있기 때문이다. 내가 아는 지식이더라도 다른 사람들은 모를 수 있다. 글을 쓰는 사람이 되면서 침묵하는 법을 배우게 되는 것 같다. 어느 날 모임에 참석한 적이 있었는데, 여성분들이 말할 땐 경청하더니 내가 말을 할 땐 온몸을 꽈배기로 만드는 게 눈에 보였다. 어떻게 보면 직업병이 된 것일까. 사람의 패턴을 보는 게 흥미롭다.

타인의 시선을 신경 쓰지 않고 살기란 쉽지 않다. 외면과 내면이 균형을 이룰 때 삶의 만족도는 높아질 것이다. 본인을 이해하고 자유롭게 표현하는 방법은 옷을 다양하게 입어보면 된다. 거리를 지나가다 보면 당당하게 노출이 있는 옷을 입는 사람을 볼 수 있었다. 주변 시선을 신경을 쓰는 건지 모르겠으나 자신감이 있어야 가능할 것 같다. '파워 드레싱(power dressing)'은 위엄, 지성, 힘을 느끼게 하는 옷차림을 말하며 비즈니스 사회에서 출세하기 위한 전략 중 하나이다. 이처럼 패션은 자신의 브랜드를 구축하는 과정이다. 이미지 개선을 위해 일정 시간과 노력이 필요할 수 있으나 조금만 가꿀 줄 알아도 아름다워질 수 있는 시대에 살고 있다. 예술 분야에서 노력과 열정은 당연히 중요하지만, 외적인 부분도 경쟁력의 한 부분이기에 자기관리를 철저히 해야 한다. 뛰어난 실력과 예술적 감각을 갖춘 배우는 이미 많으므로, 노력과 열정뿐만 아니라 외면적인 부분도 적극적으로 발전시켜 나가는 것이 중요하다. 무대 위 화려한 의상을 입고 등장한 배우들을 보며 뮤지컬에 매료됐다. 뮤지컬 의상은 연출의 중요한 도구로서 캐릭터의 개성과 사회적 지위를 강조하고, 관객에게 시각적인 즐거움을 준다. 화려한 의상은 각 배역의 직위와 상류층의 특권을 시각적으로 묘사함으로써 뮤지컬의 몰입도를 높일 수 있게 해 준다.

사람들은 집을 나서기 전 이것도 입어 보고 저것도 입어 보며 수많은 시도를 한다. 이런 과정을 통해 본인에게 맞는 옷을 입게 된다. 다양한 커리큘럼을 통해 나에게 맞는 이미지를 찾을 수 있다. 헤어나 메이크업 수업 그리고 스피치 수업 등 패키지와 서비스 선택에 따라 가격은 달라진다. 장점을 찾아 극대화해서 자기만의 스타일을 찾는 게 중요하다. 다른 사람들이 내 모습을 어떻게 생각하는지 궁금했다. 어쩌면 과도하게 신경을 쓰는 편이었다. 사람들 앞에서 무언가를 하는 건 두렵고 피하고 싶은 상황이 많았지만, 해야 하는 상황이라면 인정받기 위해 열심히 했던 것 같다. 소속감을 느끼고 싶어서 그런 게 아닐까 하는 생각도 들었다.

새로운 일을 할 때 무언가 꽂히게 되면 망설임 없이 실행하는 성격이면서도 하고 싶은 건 다 해야 직성이 풀리는 성격이었다. 사전 조사를 꼼꼼히 하지 않는 편이라 결과가 좋지 않은 적도 있었지만 부딪히며 배우는 경험을 무시할 수 없었다. 만약, 뮤지컬에 빠지지 않았더라면 글을 쓸 때 즐거워하는 모습을 발견할 수 있었을까? 이런 생각이 들었다. 다른 어떤 일보다 즐거웠고 끝장을 보겠다는 생각으로 썼던 것 같다.

무언가에 몰두하게 되면 주변을 크게 신경 쓰지 않게 된다. 첫 직장은 뭐든지 배운다는 생각으로 다녔던 것 같다. 명동에 있는 롯데 백화점 앞을 허름한 복장을 하고 돌아다녔다. 바지에는 페인트가 묻어 있었고, 검은 신발에 묻은 먼지를 털기 위해 땅바닥을 여러 번 쳤는데도 잘 떼어지지 않았다. 그날은 인테리어 공사 현장에서 꼬박 밤을 새우고 주변에 있는 식당에 들어갔다. 평소에 잘 먹지 않는 순댓국을 허기진 배를 채우기 위해 국물까지 다 먹었다. 특히 바가지를 들고 다녀도 전혀 이상하지 않았던 행색은 민망해서인지 아직도 기억에서 지워지지 않는다. 그때 당시 이십 대 중반이기도 했고, 일을 배워야 한다는 마음으로 출근했기에 주변 사람들의 시선을 크게 신경 쓰지 않았던 것 같다.

타인의 시선과 평가로 인해 사회적인 가치에 얽매이게 되고 본연의 모습을 잃게 된다. "연기는 다 드러내고 날것을 보여 줘야 한다"라는 말이 와닿았다. 자기 자신을 이해하고 받아들이는 과정은 삶에서 중요한 부분이다. 글을 쓰다 보면 복잡한 내면을 드러내야 한다. 연기는 솔직히 잘 모르겠지만, 꾸밈없이 쓰다 보면 공감이 되는 말을 남기게 된다. 인생은 마치 쇼핑처럼 부족한 부분을 채우는 과정에서 얻는 것들이 있었다. 부족한 부분을 채우는 과정에서 자기 자신을 알아가며 내면을 들여다볼 기회를 얻게 된다.

2.
노래로 채워진 나만의 뮤지컬 인생

　기다리고 기다렸던 〈드라큘라〉, 〈마리 퀴리〉, 〈몬테크리스토〉, 〈레
미제라블〉 네 작품을 예매했다. 뮤지컬을 관람하며 작품 연구를 하다
보니 평소보다 지출이 늘어나고 말았다. 뮤지컬이 마냥 좋은 건지, 작
품 활동을 이어 나가기 위해 관람하는 건지 헷갈릴 때도 있었다. 연기
공부 차원에서 뮤지컬을 관람했다면 누군가는 이해해 줄 수 있겠지
만, 책을 쓰기 위해 뮤지컬을 서른 번 넘게 봤다고 말하면 이해해 주
는 사람이 있을까 싶었다. 다가오는 12월, 뮤지컬 〈드라큘라〉 작품에
캐스팅된 배우들의 연기를 보기 위해 N차 관람을 하였다.

　배우가 되기 위해 뮤지컬을 관람하는 건 아니다. 그렇지만 작가라
는 꿈을 이루기 위해 작품을 한 편이라도 더 관람하고, 음악을 들으며
뮤지컬을 내 삶에 채우고 있다. 연기 학원에 다닌 에피소드가 있었더
라면 이 정도까지 고민하지 않았을 것이다. 평상시 배우들의 손동작
을 나도 모르게 하고 다닌다. 평소 목소리가 조곤조곤 말하는 편이라,

반전이 있는 목소리를 내고 싶었다. 뮤지컬 배우들의 목소리처럼 아주 굵고 힘있게.

우연히 유튜브 채널에서 성악 채널을 들어갔는데, 꿀팁 정보를 얻을 수 있었다. 고음을 잘 내는 방법이었다. "라라랄랄 랄랄랄랄 라" 집에서 이걸 매일 하고 있는데, 만약, 이 모습을 보게 된다면 웃음을 참지 못할 것이다. 잘못된 발성습관으로 인해 성대가 두꺼워질 수 있다. 성대는 얇은 근육으로 이루어져 있는데 굳은살이 생겨 성대 점막이 점점 두꺼워져 성대결절을 겪을 수 있으니 목 관리가 정말 중요한 것 같다. 뮤지컬 관람을 통해 연기 공부를 했다고 생각하는데, 현장에서 보고 배울 수 있는 부분이 있었다. 감정 흐름에 따라 왜 발성을 저렇게 하고, 목소리의 떨림, 발걸음 그리고 손동작 등 이런 게 연기 공부라 생각했으며, 저 장면에서 발소리는 저렇게 크게 낼 필요가 있었을까? 이런 부분까지 생각했었다. 남들이 크게 신경을 쓰지 않는 부분까지 생각하는 편이라 그런 게 아닐까 싶기도 하다.

삶의 모든 순간을 표현하는 데 있어 노래는 다양한 감정을 표현할 수 있다. 노래를 부를 때 행복한 순간, 슬픈 순간, 분노했던 순간을 생각하며 부르기도 했다. 인생에서 돈이 전부는 아닐 수 있으나 중요하다고 본다. 마음에 여유가 있어야 마음의 공간이 넓어지게 된다. 행복을 찾기 위해 불필요한 지출을 했던 적도 있었다. 돈을 모으는 재미와 쓰는 재미는 다르다. 돈을 모을수록 지출을 줄이게 되고 미래를 그리게 된다, 반면, 돈이 없을수록 신용카드를 사용하여 지출이 늘어나게 되고 그날의 기분을 중요시하는 '기분파'가 됐었다.

개인적으로 신용카드는 발급하지 않는 것이 좋은 것 같다. MZ 세대들은 '카후'가 진짜 월급이라 말한다. 카드 대금을 지불하고 남은 월급을 말하는데, 돈을 많이 벌어도 소비가 많으면 카드값을 지불하고 나면 통장에 남는 돈이 얼마 남지 않을 것이다. '돈'에 관련된 주제로 글을 쓰기 위해선 돈을 버는 방법을 배워야 했고 돈을 아끼는 방법도 알아야 했다. 잘못된 투자로 돈을 잃는 방법은 누구보다 잘 알려 줄 수 있을 것 같다. 부족한 부분을 채우다 보면 배움을 얻게 된다.

최저임금을 받으면서 목돈을 모으기란 쉽지 않을 것이다. 휴일도 보장되지 않았던 첫 번째 직장 그리고 두 번째 직장 모두 최저임금보다 낮은 월급을 받았다. 퇴직금을 포함해서 1,600만 원이었다. 최근, 구인·구직 사이트에서 그 회사를 검색하였는데 급여는 '협의 후 결정'이라고 적혀 있었다. 아마 초봉은 2,450만 원일 텐데, 월급이 많이 오르지 않았을 것 같다. 인테리어 회사를 그만두고 다른 일자리를 구해야 했다. 경력 없이 '시설관리'라는 업종으로 취직하게 되었는데, 연봉은 대략 2,900만 원 정도였다. 대기업에 비하면 급여가 높지 않았지만, 조금이라도 삶의 여유를 느낄 수 있었다.

사회초년생이 1,000만 원을 금방 모으는 사람도 있지만, 그렇지 않은 사람이 더 많을 것 같다. 사람마다 살아온 환경과 경험에 따라 돈에 대한 가치는 다르다. 부모님에게 용돈을 받는 사람보다 직접 돈을 벌어 본 사람이 돈의 소중함을 더 빨리 깨닫게 된다. 그동안 돈의 가치에 대해 깊이 생각해 본 적이 없었던 사람이었지만, 재테크로 1,000만 원을 모으게 되면서 돈에는 힘이 있다는 사실을 깨달았다. 재테크 유튜브 채널에서 부자가 되는 방법을 들을 수 있었는데, 첫 번째, 돈을 많이 벌어야 하고, 어느 정도 소비할 줄 알아야 한다. 두 번째, 자기계발을 하며 책을 읽어야 한다. 마지막으로 저축을 독려했다. 돈을 모을수록 희망적인 미래를 그렸었다. 그러나 밑 빠진 독에 물붓기식 투자로 모든 걸 잃었다. 잠을 제대로 잘 수 없었고, 가만히 있어도 헛구역질이 나올 정도로 극심한 스트레스를 받았다. 배운 게 도둑질이라고 할 수 있는 투자는 그렇게 많지 않았다.

친구에게 카톡이 왔다. "최근, 경기침체로 인해 회사 이윤이 크게 줄어 기존보다 상여금이 줄었다"는 내용이었다. 중소기업은 어느 정도 상여금을 받는지 궁금하여 친구에게 물어봤다. 친구는 내게 상여금 명세표를 보내주었고, 대략 1,500만 원이 찍혀 있었다. 부럽지 않았다고 하면 솔직히 거짓말일 것이다. 월급의 50%를 저축해야 1,900만 원을 모을 수 있었다. 고정 지출을 제외하고 지출을 줄여도 최대 900만 원밖에 모으지 못하는 상황이었다. 돈을 아껴야 했다. 지출을 줄이고 저축해야 한다는 것도 알고 있지만, 인생을 위한 배움을 택했다.

올해 이 작품을 완성하기 위해 글을 쓰고 있다. 음악을 통해 내 삶이 조금이라도 달라질 수 있다면 '회전문 관객'이 되어야 했다. 회전문 관객은 '한 공연을 여러 번 반복 관람하는 관객'을 말한다. 같은 작품이더라도 여러 번 관람하며 글을 쓴 것 같다. 그리고 뮤지컬 노래는 출퇴근 때 계속 들었다. 인용할 노래 가사를 찾기도 하고, 발음 공부에 도움이 되었다. 고정 지출을 제외하면 문화생활을 즐기는 것이 전부였다. 글을 쓰는 작가의 꿈은 이루었지만, 부를 이루기 위해선 더 많은 시간이 필요하다. 나는 시간을 저축하여 글을 쓰는 '시간 부자'라고 생각하는데, 글을 쓸 수 있는 직장을 알아봤다. "9 To 9" 저녁 9시 퇴근이 아닌 다음 날 아침 9시까지 근무하고 퇴근하는 직장이었다. 아침 9시부터 근무를 하여 다음 날 아침 9시에 퇴근하는 근무 패턴인데, 따지고 보면 365일 회사에 있는 것이다. 이 패턴으로 일을 하게 되면, 남들보다 피로도가 금방 쌓이게 된다. 이틀 이상 쉴 수 없기에 여행도 다닐 수 없고 친구들과 주말에 약속 잡는 것도 힘들었다. 그렇지만 나만의 목표를 이루기 위해 새벽까지 글을 쓰고 퇴근하고 있다. "노래로 채워진 인생"이란 챕터를 쓰기 위해 오늘도 대극장으로 향한다.

3.

인생이란 무대에서 오늘도 여행 중

따분한 인생 꿈 따윈 없었어

내 삶에 당당하게 와서 불을 붙인 너

우뚝 일어설 거야 뭐든 해낼 수 있어

《뮤지컬 〈킹키부츠〉 'Raise You Up' 가사 中》

최근, 경기도 광주 기자단에서 인터뷰 요청이 들어왔다. 저서에 대한 인터뷰를 진행하는 방식이었다. 인터뷰 설문지 중 답하기 어려웠던 질문이 있었다. "이시헌 작가가 생각하는 청춘이란?" 뻔한 답변밖에 떠오르지 않아 다른 질문으로 변경해달라고 요청했다. 한 달이 지났는데도 형식적인 답변밖에 생각나지 않았다. 청춘이란 무엇일까? 이 세상에 시련 없이 성장하는 사람이 있을까. 삶이 지치고 힘들 때 미국의 작가이자 심리학자 토니 로빈스 영상을 봤다. 그가 말한 명언 중 "만약 당신이 앉아 있다면 2분 동안 머리에 깍지를 끼고 다리를 올려놓는 것만으로도 두려움에 사로잡히지 않게 되며, 새로운 행동을 할 가능성이 커진다"라는 말을 듣고 책상에 발을 올려봤는데, 일시적으로 가슴에 불을 지필 수 있었다.

청년들이 사회에 나올 때 재정적으로 어려움을 겪을 수 있다. 2003년 MBC 청춘 시트콤 〈논스톱 4〉에 나오는 앤디의 대사를 달달 외우고 다녔다. "아시다시피 장기화된 경기침체로 인해 청년 실업이 40만에 육박하는 이때, 미래에 대한 철저한 준비 없이 어떻게 살아남을 수 있겠습니까?" 현재 대한민국 20·30세대 실업자 수는 역대 최고치를 달성했다. 신호등을 기다리던 도중 한 학생이 카드사 직원과 통화하는 것을 들을 수 있었다. "주변에 돈 빌릴 사람 없어서 진짜 돈이 없어요. 2주 뒤에 갚을 수 있을 것 같아요." 절박한 느낌보다 당당하게 말하니 카드사 직원도 할 말을 잃었을 것 같다.

일본의 '사토리 세대'는 2010년대 초반 20~30대를 가리키는 말이다. 다소 소극적이며 불필요하다고 생각되는 것에는 관심도 보이지 않는다. 불필요한 소비는 하지 않으며, 열정이 없고, 성공에 관심을 두지 않는다. 대한민국에는 비슷한 말로 N포세대가 있다. 사토리 세대와 비슷한 것 같지만, N포세대는 완전히 모든 걸 포기한 건 아니다. 자산을 불리기 위해 영혼까지 끌어와 투자도 하지만, 사토리 세대는 무소유의 삶을 추구하는 편이다. 물론 모든 걸 잃게 되면 벼랑 끝에서는 건 마찬가지일 것이다.

사토리 세대와 N포세대의 공통된 부분은 패션만큼은 포기하지 않는다는 점이다. 돈이 없어도 카드 결제를 통해 옷만큼은 포기 못 하는 사람도 있을 텐데, 백화점에서 마음에 드는 가방을 할부로 결제하는 사람을 방송 프로그램에서 볼 수 있었다. 내가 좋아하는 일은 누가 시켜서 하는 게 아닐 것이다. '오픈런'은 백화점 문이 열리자마자 매장까지 달려가서 구매하는 행위인데, 최근, 경기가 좋지 않아 작년보다 줄었다고 한다. 그렇지만 여전히 많은 것 같다. 새벽부터 백화점 밖에서 대기하는 사람들을 보면 대단하다는 생각이 든다. 어쩌면 나도 대단한 사람인 듯하다. 누가 시키지도 않았는데 좋은 좌석을 예매하기 위해 새벽에 일어나 취소된 티켓을 확인하는 게 일상이 되었다.

티켓 구매 사이트에 많은 접속자가 몰리게 되면 먹통이 되거나 느려진다. 만약, 새로고침 버튼을 누르게 되면 페이지는 초기화되어 처음 화면으로 돌아가게 된다. 성공적인 예매를 하기 위해서는 새로고침 버튼을 누르지 않는 것이 좋다. 티켓팅은 늘 쉽지 않았다. 예매 시간 5분 전부터 F5 버튼을 누르고 있었다. 몇 분 동안 페이지가 업데이트되지 않았다가 대기자 수가 30,000명으로 바뀌었다. 드디어 내 차례가 왔지만, 좌석을 선택하고 싶어도 전 좌석이 매진됐다. 내가 할 수 있는 일은 새로운 정보를 불러오기 위해 F5를 누르는 것이었다.

그냥 얻어지는 건 없다. 뮤지컬 티켓을 예매하기 위해 1시간 동안 핸드폰과 PC를 번갈아 가며 본 적도 있다. 다른 누군가가 취소한 자리를 예매하기 위해서였다. 취소된 자리가 생겨도 금방 사라져 버렸다. 썩 내키지 않은 좌석을 잠시 고민하였는데, 그 자리도 다른 사람이 예매하였다. 아쉬운 마음으로 새벽을 기다렸다. 경험상 새벽에 취소된 좌석을 예매한 적이 있었기 때문이다. 새벽에 화장실을 가기 위해 눈을 뜨게 되면, 좌석이 있는지 확인한 후 다시 잠들곤 했다. 제작사의 마케팅 전략일까? 며칠이 지나면 뒷좌석은 텅텅 비어 있었다. 공연 당일에도 좋은 좌석을 예매한 적이 있었다. 물론 팬덤이 높은 배우의 공연은 취소된 좌석을 확보하기 어려웠다. 예매 후 바로 취소해도 수수료 2,000원은 돌려받지 못한다. 그런데도 앞자리에서 관람하기 위해 티켓 가격의 10~40% 수수료를 지불하고 취소하는 이들도 있다. 지금은 좋은 좌석을 예매하려고 애쓰지 않는다. 배우들을 바라보는 것만으로도 감정에 집중할 수 있었고 감사한 일이었다.

성공은 열매이며, 열심히 한 만큼 결실을 보게 된다. 늘 시간이 부족하게 느껴진다. 퇴근 후 헬스장에서 운동하고 돌아와 글을 쓴다. 유튜브 채널에 올릴 영상을 업로드 함으로써 새로운 목표가 생겼다. 새로운 여행지를 택했기에, 난항을 겪을지도 모른다. 낯선 여행지에서 지갑을 잃어버릴 수도 있고, 좋지 않은 일이 일어날 수 있다. 이런 걱정 때문에 비행기 표를 예매하지 않는 사람은 아니다. 언제든지 다른 길로 걸을 수 있는 사람이 되려 한다.

사실 가장 두려운 건 비난받는 일이다. 네이버 블로그, 티스토리 블로그, 인스타그램을 하고 있지만, 악플을 한두 번 받았었다. 머리가 뜨끈해지는 경험이었는데, 유튜브 채널을 개설 후 자주 겪고 있다. 모르는 이들에게 비난받는 일을 하지 않아도, 안 좋게 보는 사람이 훨씬 더 많다. 얼굴을 공개하고 유튜브를 하는 건 정말 대단한 일이다. 유튜브 세계는 험난한 정글이란 생각이 들었다.

영상을 올리고 나면, 새로고침 버튼을 누르거나 유튜브 스튜디오에 들어가서 조회수를 본다. 아침에 일어나면 가장 먼저 하는 일이 돼 버렸다. 꿈이 없던 시절은 따분한 인생이었는데, 요즘은 늘 시간이 부족하다. 내 삶을 당당하게 살 수 있었던 건 글과 뮤지컬이 있었기에 가능한 일이었다.

수십 년 동안 책을 읽지 않았던 사람이었다. 행동 하나만 바꿨을 뿐인데, 생각과 습관이 달라졌다. 인생을 새로고침 한다는 것은 새로운 시도와 노력을 통해 우리의 삶을 개선하거나 변화시키는 것을 의미한다. 최근, 일자리가 없다고 하지만, 무슨 일을 해야 할지 막막한 청년들이 있다. 생각을 바꿔야 한다. 나는 내 삶을 선택하기로 했다. N 포세대였지만, N잡러가 되는 목표를 두었다. 생각을 바꾸기 위해선 행동이 변해야 했다. 삶의 태도를 바꾸는 건 쉬운 일이 아닌 것 같다. 생각은 쉬운데 그 생각을 유지하는 것이 어려웠다. 저자 나폴레온 힐의《여덟 가지 삶의 태도》를 읽어 봤다. '명확한 목표' 목차 부분을 읽고 어쩌면 꿈을 향해 제대로 걷고 있다는 확신을 얻을 수 있었다. 다양한 활동을 하고 나면, 지난주 대비 나의 능력이 얼마만큼 늘어났는지 '새로고침'을 눌러 본다.

4.
뮤지컬을 통해 인생을 외쳤다

목소리가 좋으면 매력적일 수밖에 없다. 뮤지컬 배우들은 보통 발음, 발성, 톤 잡는 것에 신경을 많이 쓰며, 연습으로 음악적 재능과 기술을 성장시킬 수 있다. 듣기 좋은 음성을 가지려면 호흡, 발성, 말투, 발음 등 모두 좋아야 한다. 너무 만들어진 목소리는 듣기 불편해서 그 배우의 공연을 다시 안 보게 된다. 중저음 목소리는 남성적인 매력이 더욱 돋보인다. 이런 목소리를 내기 위해 하동균의 〈그녀를 사랑해 줘요〉 노래를 불렀지만, 고음으로 갈수록 불안정한 음정으로 노래를 불렀다. 발성이 좋으면 고음 구간에도 안정된 음색 유지가 가능하다. 뮤지컬 배우들은 각자의 음색이 있다. 그들은 감정을 담아 뛰어난 가창력과 명확한 발음으로 관객들의 귀를 사로잡는다.

내 목소리를 녹음하여 인스타그램에 올렸는데, 20~30명 팔로워가 줄어들었다. 내 목소리가 그렇게 별론가 싶었다. 아마 별로인 것 같다. 사람마다 목소리는 다르고, 지역마다 억양이 다르다. 어릴 적부터 얇은 목소리가 콤플렉스였는데, 가끔 목소리가 좋다는 이야기를 들을 때 미소를 숨길 수 없었다. 살면서 들어본 적이 거의 없었기 때문이었다. 뮤지컬 노래를 부르면서 목소리가 조금 달라졌지만, 본인의 음색과 다른 노래를 부르고 있는 것 같다. 배우들의 매혹적인 음색은 가슴 속 깊은 울림을 주었다. 그러나 좋은 목소리의 기준은 개인에 따라 달라질 수 있다. 모든 배우의 목소리가 다 좋게 들리는 건 아니었다. 하지만 각자의 취향과 감성에 따라 다른 사람의 목소리에 호감을 느낄 수도 있고, 그렇지 않을 수도 있다. 한 예능 프로그램에서 남자가 여자에게 노래를 부르며 구애했다. 노래를 잘 부르는 편은 아니었다. 본인의 실력이 아마추어가 아닌 프로 실력으로 착각하는 것 같았다. 표정은 자신감이 넘쳤지만, 느끼한 눈빛으로 여성을 지그시 바라봤다. 그런데 그게 먹힌 모양이다. 여성 출연자 눈빛에서 하트를 볼 수 있었다.

뮤지컬 음악을 통해 날마다 인생을 외치고 있다. 신을 저주하기도 하고, 내 삶의 이유를 찾기도 하고, 신에게 기도도 하고, 죽음을 앞둔 마음으로 노래도 불러 본다. 노래 부르는 걸 극도로 싫어하였는데, 노래에는 인생이 담겨 있는 것 같다. 작곡가는 다양한 생각으로 곡을 만들 것이다. 노래를 부를 때 다양한 감정이 느껴지는데, 곡을 쓸 때 어떤 생각으로 썼을지 궁금하기도 하다.

과거, 회식 자리에서 노래를 두 곡 정도만 부르고 마이크를 내려놓았다. 노래를 잘 부르지도 못했고, 어떤 노래가 나에게 잘 어울리는지 몰랐던 시절이었다. 사람의 성격과 취향이 다르듯 좋아하는 목소리도 다를 것이며, 중저음이 아닌 목소리를 좋아하는 사람도 있을 것이다. 보컬 학원을 두 달 정도 다녔는데, 선생님은 내 얇은 목소리를 듣더니, 음색이 비슷한 가수의 곡 리스트를 뽑아 주었다. 만족스러운 곡들이었다. 하지만 선생님과 스케줄이 맞지 않아 다른 선생님으로 바뀌었는데, 이번에는 톤 잡는 것부터 연습하도록 지도했고, 중저음의 곡을 추천하였다. 기초적인 발성과 호흡 훈련보다 단기간에 곡 리스트를 늘리고 싶었다. 회식 자리 또는 친구들과 노래방에 가게 되면 노래를 부르지 않고 자리를 지키는 것이 지루했기 때문이었다. 지금도 노래는 잘 부르진 못하지만, 뮤지컬 노래를 노래방에서 부르며 연습하고 있다.

노래를 잘 부르지 못하지만, 성대는 건강한 것 같다. 1시간 넘게 노래를 불러도 다음 날 목 상태가 멀쩡했다. 뮤지컬 노래에 빠지게 되면서, 평소에 내지 않는 목소리를 유지한 채 연습하였다. 저음으로 부르기도 하고 음이탈을 하더라도 고음을 지르기도 했다. 복식호흡을 하게 되면 좀 더 힘 있는 목소리가 나오게 된다. 저음으로 말을 하게 되면 목에 힘이 들어가는 게 느껴졌다. 이 상태로 노래를 부르면 목이 아프기도 하고 기침이 나왔다. 이렇게 반복하다 보니 예전에 녹음한 목소리와 조금은 달라질 수 있었다. 성악을 전공한 사람의 인터뷰를 검색해 봤다. '말하듯이 노래를 하면 좋은 소리를 낼 수 있다'라고 말했다. 자연스럽고 편안한 목소리로 노래를 불러야 청중들의 마음을 울릴 것이다. 글과 음악은 비슷한 부분이 있는 것 같다. 글도 말하듯이 써야 부드럽게 읽히고 좋은 글이 된다. 미국의 뮤지컬 배우인 브래드 리틀은 고음과 저음을 자유자재로 부르는 뛰어난 기술을 가지고 있다. 바리톤과 테너 모두를 낼 수 있는 발성은 훈련의 결과이며, 목에 부담이 가지 않도록 특별히 신경 쓸 것이다.

　전문가가 아니더라도 상대방의 목소리를 통해 성격을 짐작할 수 있다. 보통 목소리가 큰 사람은 활달하고 외향적이라고 판단하게 된다. 내향적인 사람이라 카페에서 앞에 있는 사람이 큰 소리로 이야기하면 주변 사람을 굉장히 신경을 쓰는 편이었다. 차분하고 조용하게 말하는 것이 마음이 편하다. 목소리는 쉽게 변하지 않기 때문에 사람의 성격과 습관을 나타내는 특징이 될 수 있다. 유전적인 부분도 크지만, 성장 과정에서 음조, 강도, 억양 등이 형성되면서, 이미지에 큰 영향을 주는 요소 중 하나이다.

　어릴 적부터 내성적이어서 웅변 학원에 다니게 되었다. 어느 날 학원 선생님이 내게 반장을 시켰고, 나는 그날부터 학원에 다니지 않겠다고 떼를 썼다. 지금도 사람들 앞에서 말을 하는 게 두려울 때가 있다. 식당에 앉았는데 주문하는 벨이 없으면 당황스럽다. '직원을 불렀는데 씹히면 민망한데…' 이런 생각이 먼저 떠올랐다. 이런 성격을 갖고 있지만, 소개팅 자리에서 목에 힘을 주어 직원을 부른다. 그러면 앞에 앉아 있는 사람이 깜짝 놀라며 말한다. "그렇게 큰 목소리도 낼 수 있어요? 그 목소리로 다른 말도 해 보세요." 나는 "저기요밖에 안 된다"라고 답한다.

평소 프랑켄슈타인 넘버 〈난 괴물〉을 자주 부른다. "내가 아팠던 만큼 당신께 돌려 드리리"라고 외친다. 내 감정을 담아 목청껏 부른다. 상대방의 목소리를 듣고 성격, 자신감, 감정 상태 등을 감지할 수 있다. 목소리는 사람의 이미지에 큰 영향을 주는 요소 중 하나이기에 말투나 억양을 신경 써야 한다. 발음이 좋아야 상대방에게 정확한 의미와 감정을 전달하게 된다. 글도 목소리와 마찬가지로 저술한 사람의 성격과 감정 상태 등을 파악할 수 있다. 저자는 살아오면서 느꼈던 감정과 경험을 글로 표현한다. 어떤 글이든 모든 사람이 똑같은 감정을 느끼는 건 아니다. 개인적인 경험과 배경에 따라 글을 다르게 해석하기 때문이다. 성격은 목소리와 글만으로 완벽하게 판단할 수 없지만, 어떤 감정으로 글을 썼는지 예측할 수 있다. 아팠던 상처를 글로 녹이고 있다. 이런 글도 좋아해 주는 사람이 있어 다행이었다.

5.
오늘도 간절한 마음으로 글을 쓴다

일요일에 홀로 남아 당직 근무였는데 입주민에게 전화가 걸려 왔다. 며칠 전, 주차해 둔 오토바이가 접촉사고가 났다고 하여 주차장으로 내려갔다. 남성이었는데 메이저리그에서나 볼법한 체격이었다. 키는 188cm 정도로 보였고, 어깨는 넓은 골격을 갖고 있었다. 성인 남자 서너 명이 달라붙어도 쉽게 제압할 수 없을 것 같다는 생각이 들었다. 그는 "CCTV를 직접 돌려 보겠다"라고 말하였는데, "개인정보보호법 때문에 안 되며, 우선 먼저 보고 연락드리겠다"라고 말하였다. 하지만 "어떤 법 조항 근거로 그렇게 말하는 것이냐?"며 내게 물었다. 아군으로 만났더라면 든든한 형처럼 느껴졌을 텐데, 서로 대치하는 적군으로 만난 셈이었다.

대한민국에 살면서 이 정도 피지컬이라면 이점이 많았을 것이다. 이 사람은 법조인일까? 왜 자꾸 "법에 대해서 알고 말하는 것이냐?"며 사람을 무시하는 것일까. 모든 법을 알고 일하는 사람이 몇이나 되겠는가. 경찰이 한 말만 듣고 본인 주장만 펼치는데, 머리가 뜨거워졌다. 만약, 내가 비협조적으로 응대하였다면, 이 사람이 기분 나쁠 수 있었다. 그러나 이 사람과 마찰이 생기면 큰일이 날지도 모른다는 생각이 들었기에 내 나름대로 친절하게 응대할 수밖에 없었다. 이 사람이 갑자기 돌발행동을 하면 뼈도 못 추릴 것 같았다. 내 개인 핸드폰 번호까지 알려주며 우선 돌려보냈다.

정확한 사고 일자를 모른 채 전부 모니터링을 하려면 시간이 꽤 걸린다. 화질이 좋지 않거나 사각지대일 경우 사고 지점을 찾기란 쉽지 않다. 전에 다녔던 직장에서 CCTV 업무를 다른 직원에게 시키면, 결국엔 내가 다시 검색해야 했다. 상대방 입장이 되어 꼼꼼히 보면 안 보였던 장면이 보이지만, 대충 보게 되면 중요한 장면을 놓치게 된다. 공문을 갖고 온 수사관이 찾아오면 협조만 해 주면 되는 것인데, 계속 직접 보겠다고 해서 "CCTV에 등장하는 사람 얼굴을 비식별화 작업이 필요하다"고 설명하였다. 그 사람은 "범죄자가 무슨 인권이 있냐?"고 따지는데, 가해 차량인지 아닌지 판단할 능력이 없는 사람에게 본인 생각으로 나를 가르치려 했다. 오늘까지 안 찾으면 내게 법적 책임을 묻는다고 해서 "그러세요"라고 답했다. 본인 스케줄이 안 되었는지 수사관과 동행하지 않았고 사건은 잘 마무리되었다. 그러나 사건이 종결됐는데도 경찰이 CCTV를 안 보여 주니 2주 뒤에 연락이 또 왔었다.

얕은 지식으로 그것이 마치 사실인 것처럼 말하는 사람이 있다. 다른 사람이 다른 의견을 제시하면 귀담아듣지 않으려 한다. 남들보다 내가 조금 더 알더라도 겸손하게 행동해야 한다. 대중들은 겸손함을 잃는 배우에게 실망감을 감추지 않는다. 사회적으로 영향력을 미칠 수 있는 자리에 있기에 사생활 논란이나 인성에 더욱 엄격한 잣대를 들이밀 수밖에 없다.

재작년부터 글을 쓰는 사람이 되었다. 아무것도 모를 때와 비교하면 깊이 있게 생각하게 되고, 제법 글도 잘 쓰는 것 같다. 무엇이든지 지나친 자신감은 초심을 잃게 만든다. 조금 배웠다고 남에게 훈수를 둘지도 모른다. 얕은 지식은 생각을 병들게 만들지도 모른다.

상대에게 만만하게 보이지 않아야 한다. 최근, 인간관계에 대해 글을 쓰고 있는데, 사람들의 태도를 유심히 보는 편이다. 나랑 비슷한 결을 가진 사람을 만나게 되면, 그 사람이 하는 생각을 대충 알 것 같다. 성격 테스트를 해 보면, 항상 '타인의 눈치를 많이 보고, 상대의 감정 상태를 신경을 쓴다'고 적혀 있다. 사람을 많이 만나다 보면 다양한 일을 겪게 된다. 글을 쓰는 사람으로서 친목 활동은 사람을 탐구하는 시간이기도 하다. 인간관계에서 가장 피해야 할 유형은 '강약약강'인 사람이 아닐까. 본인보다 만만하다 느껴지면, 목소리 톤부터 달라진다.

상대에게 만만하게 보이지 않는 방법은 다른 사람에게 목소리를 높일 줄 알아야 한다. 작은 목소리로 말하는 건 귀여운 게 아니라, 상대방에게 먹잇감이 될 뿐이다. 부당한 일을 당할 때 참는다고 해서 상황이 나아지는 건 없다. 상대가 날 불편하게 한다면, 공격적인 말투로 받아쳐야 상대방도 날 만만하게 보지 않을 것이다. 이런 고민으로 스트레스를 받은 적이 있다면, 목소리 톤을 높여 말하는 습관을 길러야 할 것이다.

사람을 유심히 관찰하면 눈에 보이지 않지만, 개인의 성향과 분위기에 따라 색상으로 나타낼 수 있다. 일반적으로 비슷한 색상을 가진 사람들끼리 어울리는 경우가 많으며, 함께 있을 때 편안함을 느끼게 된다. 하지만 너무 강렬하거나 어두운 색상을 가진 사람이 앞에 있다면 불편한 감정을 느낄지도 모른다. 스쳐 지나가는 인연 중 나랑 어울리는 사람이 몇이나 될까? 내가 지키고자 했던 경계선을 허물고 침입하려는 사람을 종종 만날 수 있었다. 인생을 살다 보면 본인의 색으로 나를 완전히 뒤덮으려는 사람을 만나기도 한다.

인성은 하루아침에 만들어지지 않는다. 평상시에 욕설을 자주 쓰는 사람과 대화를 나누다 보면 부정적인 감정을 느끼게 된다. 입에 욕을 달고 사는 사람들은 그것이 농담이라고 말하는데 전혀 그렇게 들리지 않았다. 솔직한 이야기를 나눌 수 있을 만큼 친밀도가 형성되어도, 상대방이 욕설을 허용할 것이란 착각을 해서는 안 된다. 주변에 이런 사람이 있었는데, 내 마음을 지키는 방법은 이런 에피소드를 글로 녹이는 것이었다.

대학 시절만 해도 과제 때문에 미술관을 자주 갔었다. 벽에 걸려있는 작품을 보며 고개가 갸우뚱했다. '단색으로 그라데이션만 준 것 같은데, 이것도 작품인가?' 이런 생각을 나도 모르게 해 버렸다. 수채화는 매력적인 특징을 지니고 있다. 투명하고 부드러운 색채, 물과 섞인 물감의 농도에 따라 작품의 느낌이 달라진다. 미술은 일반인들에게도 친숙한 분야로 수업 시간에 자연의 풍경, 꽃과 나무, 도시의 모습 등을 그려봤을 것이다. 화가는 희석한 아크릴 물감을 여러 번 덧칠하여 캔버스에 스며들게 한다. 독창적인 색상을 얻기 위해서는 여러 번 덧칠함으로써 농도는 점점 짙어지고 채도는 높아져 선명하고 깊이 있는 느낌을 낼 수 있다. 옅게 칠하고 말려 그 위에 짙은 색을 채울수록 완성도는 높아진다.

일어나지 않은 일을 미리 걱정하는 사람도 있을 것이다. 지나친 상상력이라 말하는 사람도 있겠지만, 때론 일어나지 않거나 기존에 없던 작품을 상상해서 쓰거나 그리기 때문에 작가나 예술가는 비슷하다는 생각이 들었다. 글쓰기를 통해 내면의 감정을 정리하고 마음의 안정을 찾을 수 있었다. 다른 사람의 의견을 존중하고 이해하는 과정에서 나는 어떤 사람인지 알 것 같았다. 독백으로 시작하는 공연은 여러 인물의 이야기를 자연스럽게 이어가기 위한 장치이며, 앞으로의 전개를 궁금하게 만든다. 타인이 나를 어떻게 생각하는지 신경을 쓰는 경우가 많았다. 일어나지 않은 일을 머릿속으로 그려 봤다. 나의 이야기는 어디까지 뻗어 나갈까. 나의 감정과 생각 그리고 세상을 살아가는 이유에 대해 알아가고 있다. 자신의 이야기를 끊임없이 써 내려가다 보면, 내가 어떤 생각을 하고 사는 사람인지 알게 된다. 지금까지 쌓아온 경험과 열정을 글로 표현하고 있는지도 모르겠다. 초심을 잃지 않는다면 마지막 페이지를 넘기는 날이 올 것이며, 오늘도 간절한 마음으로 글을 쓰고 있다.

6.
무대 위에서 포기하지 않는 사람들

"작품에서 주연이 중요한 것은 사실이지만, 작품 전체를 본다면 주연·조연할 것 없이 모든 배역이 다 중요하다는 사실을 배우 스스로가 인식할 필요가 있다. 그리고 오디션은 배역에 적합한 배우를 찾는 것이지, 배우들의 배역을 두고 자신의 기량을 시험하는 장소가 아니라는 것을 알아야 한다. 만약, 근소한 차이로 원하는 배역을 맡지 못했다면 그것은 실력이 모자라서가 아니라 다른 사람보다 자신이 배역의 캐릭터에 근접하지 못했기 때문이라고 생각해야 한다. 그래서 오디션에서 탈락했다고 마음에 상처를 입는 일은 없어야 한다. 배우는 평생 동안 오디션을 받는 사람이기 때문이다."

(저자 설도윤의《뮤지컬 오페라의 유령》중에서)

"뮤지컬로 인하여 더 괜찮은 사람이 되기도 하고, 좋은 배우로 성장하는 것 같다"라는 내용의 인터뷰를 읽게 되었다. 글을 쓰기 위해 뮤지컬 잡지를 구매하였는데, 뮤지컬에 대한 지식이 거의 없었지만, 우연히 작품을 관람하고 배우의 꿈을 키운 사람도 있었다. 객석에 앉아 뮤지컬 공연을 보며 이런 생각이 들었다. 이 무대에 오르기까지 얼마나 힘들었을까? 이런 생각을 하면 가슴이 뭉클했다. 무대 위에 오른 배우의 삶은 내가 범접할 수 없는 영역이었다. 공연을 끝까지 마무리하는 것 자체가 멋진 인생으로 보였다. 글과 뮤지컬, 작가와 배우, 독자와 관객, 투고와 오디션 등 비슷한 부분이 많은 것 같아 '글쓰기'와 '뮤지컬'로 주제를 정했다. 단순히 인생을 즐겁게 사는 방법에 대해 글을 쓴 부분도 있지만, 뮤지컬을 관람한다고 해서 인생이 즐거워지는 건 아니다. 관람하는 내내 지루하기도 하고 졸음이 쏟아지는 사람도 있다.

자신이 하는 일을 사랑하고 몰입하는 사람을 보면 부러울 때가 있었다. "나는 정말 잘하는 것이 단 하나도 없는 걸까?"라는 생각을 했었다. 또한, 다른 사람들에게 멋진 사람처럼 보이고 싶은 욕망도 있었다. 내가 대단한 사람이 된 것처럼 글을 쓰는 건 아니다. 글을 쓰게 되면 자연스럽게 주인공 역을 맡게 된다. 만약, 저자의 모습이 처음부터 완벽했다면 독자들은 어떤 생각을 하게 될까? '세상은 역시 불공평하다'라는 생각을 하게 될지도 모른다. 고난과 역경을 겪어보지 않은 주인공은 없을 것이다. 책을 읽으면 저자의 감정이 느껴질 때가 있었다. 성장하는 저자의 모습을 머릿속으로 그리며 성장하고 싶은 마음이 조금씩 생겼다.

얼터네이트란 메인 배우보다 적은 회차를 맡아 공연하는 배우를 '얼터'라고 줄여 말한다. 더블 캐스팅과 달리 공연 횟수에 차등이 있다. 김소현 배우는 2001년 대작 뮤지컬 〈오페라의 유령〉 작품으로 데뷔하였으며 크리스틴 역의 '얼터'였다. 이후 거의 모든 작품에 주연을 맡으며 정상에 올라섰다. 그녀가 저술한 책 《THINK OF ME》에 이렇게 적혀 있었다. "타고난 천재적 재능이 없다면 '노력' 말고 무슨 답이 필요할까? 연기의 모차르트가 아닌 난, 그 인물이 되기 위해 나의 생각과 마음, 현실의 나란 존재를 내려놓기 위해 노력한다. 그리고 진심으로 내가 연기해야 할 캐릭터와 마주한다. 온전히 그 캐릭터로 감정의 변화를 느끼지 못한다면 천하의 울보인 나도 눈물 한 방울 나오지 않는다."

수십 년 동안 배우로 활동하면서 수천 번의 무대에 올랐던 그녀도 무대에 오르면 사시나무처럼 떨린다는 글을 읽고 많은 생각을 하게 되었다. 이제 글을 쓴 지 이 년이 조금 넘었다. 글을 잘 쓰는 사람이 되고 싶지만, 수십 년 동안 글을 쓰는 사람이 되려 한다. 독자들은 저자의 이야기를 통해 본인의 경험과 비슷한 부분이 있을 때 고개를 끄덕이며 페이지를 넘기게 된다.

보통 잘못된 부분을 인정하고 깨닫는 과정에서 인생을 배울 수 있는 것 같다. 실수와 실패를 통해 교훈을 얻을 수 있기 때문이다. 글은 누구나 쓸 수 있다. 타고난 재능이 없어도 가능하다. 본인이 천재라는 말을 평상시에 자주 사용하는 사람은 거의 없을 것이다. '나는 천재다'

라는 생각을 자주 하고, 확언하다 보면 내가 무언가 된 사람처럼 행동하게 된다. 글을 잘 쓰는 천재라고 생각했었다. 책이 출간되면서 이런 자만에 빠졌던 것 같다. 생각했던 것보다 책이 팔리지 않았고, 자신감은 하늘과 바닥 어디쯤으로 다시 내려왔다. 처음부터 작가로 잘된 사람도 있겠지만, 하늘은 내게 자만에 빠지지 말라는 뜻으로 재능을 주지 않은 듯하다.

가끔 세상을 바꾸고 싶은 상상에 빠지기도 했다. 나는 주연이 되고 싶은 건가? 주연이 되고 싶다는 욕망은 세상에서 주목받는 자리를 갖는다는 의미이기도 하다. 최근 영화를 보았는데 그 세계에서 자신의 한계에 부딪혀 좌절하는 주인공을 보며, 무력감 같은 걸 느꼈다. 나는 아직 벼랑 끝에 서 있고, '벼랑 끝'이란 단어가 더욱 절실하게 와닿았다. 글을 쓰게 되면 무언가를 이룰 수 있다는 생각을 하게 된다. 막연하게 작가가 되고 싶었고 글을 쓰고 싶었다. 그렇지만 방법을 알지 못하여 새로운 세상으로 나아갈 수 없었다. 인생이란 무대에서 한 걸음 내디딜 수 있는 용기를 내보았다. 작품 활동을 계속하다 보니 자신감과 실력이 쌓이고 있었다. 혼잣말의 힘을 느낀 적이 있다. 녹음기를 틀어 놓은 상태에서 내가 쓴 글을 직접 읽고 녹음기를 틀어 보면, 마음이 치유되고, 마음이 단단해지는 것처럼 느껴졌다. 어머니가 "나는 할 수 있다"라고 열 번 외친 녹음 파일을 듣는데, 목소리가 어찌나 슬프던지. 눈가에 눈물이 핑 돌았다. 확언을 통해 마음이 강해질 수 있다. 세상 사는 게 두렵고 힘들더라도, 내 목소리를 직접 들어보면 간절함이 느껴지고, 잘해 내고 싶은 마음이 커지게 된다.

　무대 위 주인공으로 살아간다는 건 부담감도 있겠지만 주연 배우에게는 더 많은 박수갈채가 쏟아진다. 환호성을 지르는 관객을 바라보며 희열감을 느끼지 않을까. 만약, 조연만 맡게 되면 부담감은 덜하겠지만, 상대적 박탈감을 느낄 수 있다. 그렇지만 무대에 오르는 것만으로도 행복감을 느끼는 배우들도 있다. 배우처럼 재능이 있는 사람이 아니라 내성적인 성격 때문에 글을 쓰는 사람이 되었다. 작가는 평생 글을 써야 하는 사람이며 평생 투고를 하게 된다. 출판사에 퇴짜를 맞았다고 해서 글을 멈추지 않는다. 뮤지컬 오디션에 합격하여 기쁨을 만끽하는 배우처럼 출판사에 연락이 오게 되면 주인공이 된 것 같은 기분이 든다. 타고난 글솜씨가 없더라도 평생 글을 쓰는 사람은 될 수 있다. 글은 누구나 한 번쯤 써 볼 만하다.

7.

배우는 아니지만 배우는 사람

"인생은 여행이다"라고 적혀 있는 구절을 읽게 되면 밑줄을 긋게 된다. 인생은 실제로 여행이지 않을까. 최종 목적지를 향해 나아가기 때문이다. 인생을 살다 보면 버티기 힘들었던 시절이 있었을 것이다. 내게 목표가 있다면 사람들에게 '행복한 사람'이라고 말하는 것이다. 언제쯤이면 가난에서 벗어날 수 있을까? 꿈을 이룬 사람들을 보며 꿈을 키워 왔다.

> 그저 살다 보면 살아진다
> 그 말 무슨 뜻인진 몰라도
> 기분이 좋아지는 주문 같아
> 너도 해 봐
> 눈을 감고
> 중얼 거려
>
> 《뮤지컬 〈서편제〉 '살다 보면' 가사 中》

군 복무 시절, 밤하늘에 떠 있는 별을 보며 소원을 빌었다. '부디 무사히 집으로 돌아갈 수 있게 해 주세요.' 넷플릭스 드라마 〈D.P〉를 보면 내 이야기 같다. 배를 타고 싶어 해군에 입대하였는데, 2지망으로 적었던 헌병이 되었다. 매년 헌병대 지원자가 줄고 있었기 때문에 희망만 하여도, 체격과 상관없이 차출되는 것이었다. 과거로 돌아갈 수 있는 능력이 있다면 헌병대는 절대 지원하지 않을 것이다. 그 당시 정신적으로 피폐했던 시기였다. 누군가 손을 내밀어 주길 기도했었다. 이등병 시절은 내 인생을 통틀어 지우고 싶은 기억뿐이다. 뒤지게 패는 사람들. 그래서 D.P인가?

그저 살다 보면 살아지긴 했다. '내가 너무 나약한 사람이 아닐까?'라는 생각이 들 때가 있다. 첫 번째 저서에 "어둠에서 빛으로"라는 표현을 자주 사용하였는데, 캄캄한 밤하늘에 빛나는 별빛은 나에게 희망 같은 존재였다. "밤하늘의 별을 생각했을 때 암흑이 없다면 그 별은 빛날 수 없을 것이다." 배우 한석규가 대상을 받은 후 남긴 말이다. 힘들었던 시절이 없었더라면 희망이 담긴 글도 없었을 것 같다.

나는 하얀 종이에 글을 쓰는 사람이 되었다. 글을 쓰다 보면 감추고 싶은 이야기까지 쓰게 된다. 행복한 감정은 어떻게 느낄 수 있는 것일까. 행복한 사람처럼 연기하는 건 내 스타일이 아니다. 글을 쓰며 나의 가치를 올린다면 행복이란 감정도 따라오리라 믿었다. 나는 발등에 불이 떨어져야 행동하는 성격인데, 생각만 하는 게 아니라 행동으로 움직여야 했다. 그동안 시행착오가 많았다. 지나가는 사람에게 책도 팔아보고, 서점에서 책을 선물하기도 하고, 특강도 해 보고, 인터 뷰도 해 봤다. 아직 부족한 상태인 건 너무나도 잘 안다. 그렇지만 모든 것을 갖춘 상태에서 강연을 한다는 건 몇 년이 걸릴지 모르는 일이었다.

이것저것 생각이 많아 며칠간 잠을 설쳤다. 어떻게 해야 삶이 달라질 수 있을지 고민했다. 기회가 오지 않으면 스스로 기회를 만들면 되는 거 아닐까. 내 마음이 절실하면 부끄러울 게 없었다. 일면식이 없는 대학교 교수실 방을 노크 후 들어갔다. 나는 긴장된 상태로 인사를 했다. "저는 이 학교를 졸업한 사람인데, 잠시 5분만 시간을 내어줄 수 있나요?" 그 교수는 나를 기억하려고 애쓰는 표정을 짓는 것 같았다. "저는 이 학교를 졸업하였지만, 관련 전공은 아닙니다"라고 말하자 언짢은 표정으로 내게 물었다. "무슨 일이죠?" 다행히 대화를 이어나갈 수 있었다. "저는 작년에 책을 출간한 작가입니다. 학생들을 위해 강연을 해 보고 싶은데, 긍정적으로 검토해 주실 수 있나 해서 찾아왔습니다." 전화번호가 적힌 명함을 책에 끼워 책을 보여 드렸다. 긍정적인 반응을 보인 것 같아 마음이 놓였다. 주책인가 보다. 이때 상황을 생각하니 눈시울이 뜨거워졌다.

한강진역에 있는 신한카드 블루스퀘어에 들어가게 되면 계단 사이에 수많은 책을 볼 수 있다. 뮤지컬을 보러 갈 때마다 내 책을 마주하게 되면 어떤 기분이 들까. 진열대에 저서를 놓아두고 싶었다. 글을 쓰는 사람은 아직 이뤄지지 않은 것을 쓰기도 한다. 아직 해 보지 않은 것들을 상상하고 실행으로 옮길 것이다. 시행착오를 겪고 좌절감이 들 때도 있겠지만, 중요한 건 배움이 아닐까. 꾸준하게 하다 보면 나를 찾는 사람이 많아질 것이고, 내게도 행복한 결말이 있을 거라 믿는다.

사람은 삶을 살아가며 다양한 경험을 쌓고, 이를 통해 성장하게 된다. 그러나 욕망이 다른 사람이 만나게 되면 치열하게 맞붙게 된다. 함께 성장하는 게 중요하다. 세상은 넓고 나랑 맞는 사람이 있을 텐데, 만약, 이십 대로 돌아간다면 배울 수 있는 사람을 만날 것이다. 새로운 인연을 맺음으로써 새롭게 알게 된 점이 있듯. 서로 의견 충돌로 싸우는 것이 아니라 배울 수 있는 사람을 만나야 한다. 서로에게 배울 점이 있다면, 자신의 시야를 넓힐 수 있고 새로운 아이디어를 얻을 것이다. 모든 사람과의 관계가 항상 긍정적인 것은 아니며, 본인과 어울리지 않는 사람을 만날 확률이 더 높다. 이럴 땐 억지로 어울릴 필요는 없다.

위기에 처할 때 대처를 잘하는 사람도 있겠지만, 회피하려 하는 사람도 있다. 인생을 살아가다 보면 경험치는 쌓이게 된다. 그렇기에 사람마다 기준은 다르며, 문제를 해결할 수 있는 지식이 있다는 건 시행착오를 겪어 본 사람일 것이다. 지극히 개인적인 생각이지만, 여자들과 남자들의 뇌 구조는 다르다. 여자들은 왜 연상을 좋아할까? 내가 모르는 것을 해결해 줄 때 매력을 느낄 것 같고, 여유로운 모습에 믿음직스러운 남성으로 느껴질 것 같다. 배우는 아니지만, 세상을 살아가는 방법을 배우고 있다.

　뮤지컬 배우처럼 오디션을 보러 다니는 사람이 되었다. 되든 안 되든 도전하다 보면 희망이 찾아오지 않을까, 상상하고 가만히 앉아 있는 것보다 직접 발 벗고 나서는 게 지름길이 아닐까 싶었다. 배우가 아니더라도 매 순간이 오디션의 무대라고 본다. 열정과 재능을 마음껏 발휘할수록 다른 사람에게 인정받기 때문이다. 도전은 언제나 두려움과 불확실성이 따라온다. 그러나 내 안에는 끊임없이 성장하고 발전하기 위한 열망이 있었다. 어떤 결과가 나오든 나 자신을 믿고 나아가기로 했다. 그리고 깨달았다. 도전은 단순히 성공을 위한 것뿐만 아니라, 행복을 찾는 과정이기도 하다는 것을. 실패와 좌절을 지금도 겪고 있다. 그러나 그런 경험들이 쌓여 결과물을 남길 수 있었고, 조금이라도 성장할 수 있었다. 내가 원하는 행복을 찾기 위해서는 끊임없이 글을 써야 할 것 같다. 어떤 색의 종이든 희망을 적는 사람이 되려 한다.

8.
무대 위 주인공

　행복한 사람이 강한 사람이라 말하는 이들도 있다. 행복의 조건은 다양하다. 행복한 일상을 타인에게 보여 주는 게 목적은 아니지만, 어떨 때 행복을 느끼고 어떠한 삶을 추구하는지 알 필요가 있었다. 성장하고 배울 때 행복했고, 초심을 잃지 않으려 노력했다. 마지막 페이지에 행복이 가득한 뮤지컬 내용을 담고 싶었다. 성남에서 뮤지컬 〈맘마미아〉 작품을 볼 기회가 있었지만, 경쾌한 멜로디는 내 취향이 아닌 듯하다. 행복감은 억지로 만들어지는 감정이 아니었다. 삶의 끝에서 노래를 부르는 주인공 무대를 주로 보러 다니고 있다.

　이번 작품을 집필한 이유는 '행복을 찾는 괴물'이라는 주제로 글을 썼다. 인생이란 무대에서 어려운 순간들은 매번 찾아올 것이다. 모든 순간이 행복할 수 없다는 걸 잘 알고 있다. 긍정적인 마인드를 가져야 한다는 건 누구나 알 것이다. 행복을 끌어당기려면 어느 정도 부를 축적해야 한다. 5년 안에 결혼도 하고 행복한 가정을 꾸리기 위해선 안정적인 수입이 필요한데, 미래가 불안정하다는 생각이 들었다. 앞으로 어떤 방향으로 나아가고 어떤 포지션을 잡아야 행복해지는 정확히 알고 있다. 웃음은 행복을 끌어당기는 '마법의 키'라고 말하는데, 평소에 웃음이 많은 편은 아니다. 행복은 우리가 어떻게 생각하고 행동하냐에 따라 따라올 것이다.

단순히 소소한 행복을 느끼는 방법은 많다. 소소한 행복을 느끼는 방법은 소중한 사람들과 시간을 보내거나, 경치가 좋은 카페에서 커피를 마시거나, 자연 속을 걸었을 때 행복감을 느낄 수 있다. 일 년 동안 원고를 쓰면서 다양한 활동을 해야만 했다. 이런 경험이 없었다면 마지막 페이지를 채우지 못했을 것 같다. 블로그 수익은 점차 늘어나고 있고, 전자책 판매 수익도 통장에 입금되면서 뮤지컬을 관람할 때 비용 부담이 조금이라도 줄었다. 조금 아쉬운 점은 강연 활동을 통해 경험을 쌓지 못한 점이다. 무대 위에서 실수도 하고, 어떤 감정을 느낄 수 있는지, 배울 수 있는 부분은 무엇인지 알 수 없어 아쉬웠다.

행복을 느끼는 건 결국 본인 마음가짐에 달려 있다. 성장하고 배울 때 행복을 느끼는 부분도 있었지만, 성장통을 겪기도 했다. 본인이 어떤 일을 하냐에 따라 행복을 느끼기도 하고 불행한 감정이 들 텐데, 벼랑 끝에 서 있지 않길 바란다. 힘들 때 끝까지 버티는 사람이 강한 사람이지 않을까. '조금만 더' 오늘도 마음속으로 외치고 있다. 조금만 더 버티면 잘될 수 있다고 믿기 때문이다.

단순히 나 자신을 사랑한다고 말하는 건 아직 이른 감이 있다. 다른 사람에게 행복을 나눌 수 있는 사람이 된다면, 이런 말을 할 수 있지 않을까. 행복을 줄 수 있는 사람이 되려면, 행복한 사람이 되어야 할 것이다. 가을 풍경을 보며 자연의 감사함을 느끼는 사람도 있고, 강물이 흐르는 소리를 들으며 힐링하는 사람도 있고, 야경을 보며 세상이 빛나고 있다는 사실을 깨닫는 사람도 있을 것이다. 내가 밟고 있는 이 무대에서 아직 빛나고 있지 않지만, 주연으로 살아가든 조연으로 살아가든 누군가에게 힘이 되고 싶었다.

나이가 들수록 조급해질 수밖에 없다. 주변에서 결혼은 언제 할 건지, 회사는 잘 다니고 있는지 이것저것 물어보는 사람이 있을 수 있다. 그런 소리가 싫을 때도 있겠지만, 보통 사람처럼 살아가고 있는 것이다. 뮤지컬 작품에서 행복이란 감정을 표현하는 걸 거의 본 적이 없는 것 같다. 신에게 복수, 이루어질 수 없는 사랑, 빼앗긴 걸 되찾기 위한 처절한 싸움, 삶의 끝에서 포기하지 않으려는 마음 등 정해진 운명에 맞서는 주인공 삶을 뮤지컬 작품에서 볼 수 있었다.

나 자신을 그렇게 막 사랑하지 않지만, 나답게 살아가고 있다. 가끔 답답한 마음이 들면 기계음 때문에 소음이 새어나가지 않는 기계실에 내려가 소리도 질러봤다. 뮤지컬을 관람하며 한 단계 성장할 수 있었다. 목소리도 조금 커졌고, 사람들 앞에서 당당하게 말하기도 하고, 멋진 사람이 되고 싶은 꿈을 꾸게 되었다. 뮤지컬 작품이 익숙하지 않은 사람에게는 부담스러울 수 있다. 연기하며 노래도 부르고, 춤을 추는 광경이 낯설기도 하고, 화가 난 상태로 연기하는 것처럼 느껴질 수 있기 때문이다.

공연이 끝났는데도 떨림이 멈추지 않는다는 배우의 인터뷰를 읽고 가슴이 뛰는 일을 한다는 건 어쩌면 행복하고 설렘이 가득한 일이 아닌가 싶었다. 이번 작품을 잘 마무리하고 다음 작품에서도 성장한 모습을 독자들에게 보여 드리는 목표를 두었다. 아직 독자들에게 큰 사랑을 받아 본 적이 없다. 작가로 성공한다는 건 꿈같은 이야기일 수 있다. 세상에는 너무나 훌륭하고 많은 작가가 있기 때문이다.

작가가 되고 가장 기억에 남는 일화를 적자면, 뮤지컬 배우님이 인스타그램 맞팔을 해 주고, 작가님이라고 답글을 달아 주었다. 언팔 되면 창피한 이야기로 남을 것 같아 이름은 밝히지 않겠다. 노래를 잘 부르는데도 대중들에게 잘 알려지지 않은 배우가 많다. 언제 오르게 될지 모르는 무대일지라도 가슴이 뛰는 일을 한다는 건 멋진 일이다. 배우 지망생은 아니지만 간절한 마음으로 연기를 관람하고, 삶의 지혜를 배우고 있다. 내일 오르는 무대를 위해 연습하는 배우들도 간절한 마음으로 연기할 것이다. 뮤지컬이란 장르를 좋아하는 이유는 모두가 절실하기 때문이다. 주인공 역에 캐스팅됐지만 흥행에 성공해야 한다는 압박감, 앙상블 배우로 활동하고 있지만 채워지지 않는 무대 갈증, 자신이 맡았던 배역을 후배들에게 물려줘야 하는 아쉬움, 무대를 바라보며 배우가 되고 싶은 소망 등 보이지 않지만 여러 가지 복잡한 감정들이 대극장을 가득 채웠다.

무대인사는 관객들과 배우들이 교감할 수 있는 이벤트라고 볼 수 있다. 배우들은 객석에 감사 인사를 전하며 관객들은 자리에서 일어나 환호성과 박수를 아끼지 않았다. 배우들의 눈빛을 보면 이 세상에 살아가고 있음을 느낄 수 있었다. 공연이 끝나면 배우들의 퇴근길을 기다리는 팬들이 있기에 막이 내려도 끝이 난 게 아니었다. 아쉬운 마음에 집에도 가지 않고 배우를 기다리고 있었다. 이들은 배우를 기다리며 더 많은 행복을 느끼는지도 모르겠다. 인생이란 무대에서 주인공으로 살아가는 이들도 있다. 작가로 성공한다는 건 꿈같은 이야기일 수 있지만, 빛날 기회는 누구에게나 있다고 믿는다. 마지막 페이지를 채운 내게 박수를 보내며, 글을 쓰는 동안 느꼈던 행복을 글로 남겨 본다.

마치는 글

················

　안녕하세요. 인생을 쇼핑하는 작가입니다. 저의 글을 끝까지 읽어주신 독자분들께 감사드리며, 이 작품이 세상에 나올 수 있게 기회를 주신 출판사 관계자분들에게도 감사함을 전합니다. 마지막 페이지에 마침표를 찍으면서도, 마음이 편치 않았는데요. 음악 저작권에 대한 문제가 생길 수 있어 '한국음악저작권협회'에 문의하여 서류심사 및 복제 이용 허락신청 후 승인 절차를 밟았다는 점을 알립니다. 이 과정을 통해 많은 걸 배우기도 했습니다.

　뮤지컬 주제로 집필하면서 조심스러운 부분이 몇 가지 더 있었습니다. 우선, 저는 연기자가 아니기에 연기에 대해 정의를 할 수 없는 사람이란 걸 잘 알고 있습니다. 그러나 간절한 마음으로 배우들은 연기하는 것이 아닐까 싶었고, 뮤지컬의 매력을 알리고 싶은 마음도 있었답니다. 또한, 본문 내용에 몇몇 배우의 이름을 언급하는 부분도 있는데, 무명작가가 뮤지컬 배우의 이름을 쓴 것 자체가 누군가는 불편하게 느껴질 수 있을 것입니다. 해당 배우에게 개인적인 일로 다이렉트 메시지를 보내는 건 무례한 행동이라, 사전에 말씀드린 부분은 없습니다. 이미 정상에 있는 분들에게 부탁을 드린다는 게 조심스러울 수밖에 없었죠. 배우님이나 지인분들이 이 책을 읽더라도 예쁘게 봐주셨으면 감사하겠습니다.

인생 취미로 뮤지컬에 빠지게 된 이야기와 저의 성장 과정이 독자들 머릿속에 그려진다면, 무언가 해낸 기분이 들 것 같습니다. 뮤지컬은 다양한 이야기를 담고 있는데요. 저는 이 작품에 '행복한 괴물 작가'가 되기 위한 한 청년의 고민을 담고 싶었습니다. 세 번째 작품을 쓰기 위해 앞으로도 많은 작품을 관람할 예정입니다. 작품을 통해 어떤 삶을 살아갈지 정한 부분도 있었고, 그동안 갇혀 있던 나 자신을 깨기 위해 무대에 올라 노래를 부른 날도 있었습니다. 그 순간만큼은 연기자가 된 것처럼 행동으로 보여 준 게 아닐까 싶어요.

《인생, 연기처럼》으로 제목을 지은 후 제목과 본문 내용의 결이 비슷해야 했습니다. 연기처럼 서서히 사라지는 것이 아니라, 인생이란 무대에서 우리는 연기한다는 의미를 두고 집필하였습니다. 배우들은 감동적인 순간을 만들어 냄으로써 저에게 새로운 차원을 열어 주었습니다. 자신의 꿈과 목표를 생각하며 무대를 바라본다면, 희망과 용기를 얻을 수 있을 것입니다. 한 편의 뮤지컬을 관람한 후 저의 삶은 조금씩 달라질 수 있었죠.

꿈을 기록하는 것만으로도 가슴은 뜨거워집니다. 간절한 마음을 기록해 두는 건 어떨까요. 꿈은 실현하고 싶은 희망이기도 합니다. 뮤지컬이 저에게 삶의 원동력이 된 부분도 있는데요. 삶의 의미를 잃지 않는다면, 어떤 고난도 이겨 낼 수 있습니다. 인생이란 무대에서 꿈을 꾸며 살아가야 합니다. 죽을 날만 기다리던 한 여인과 인터뷰를 하며, 많은 생각이 들었는데요. 미래가 불투명한 청년들의 삶을 주제로 다음 작품을 집필하는 목표를 두었습니다. 청년들이 겪고 있는 사회적인 문제를 조금이라도 도와주고 싶은 마음 때문이었어요.

누군가 좋은 방향으로 이야기해 준다고 해서 사람의 마음은 쉽게 바뀌지 않습니다. 뮤지컬 작품에서 빌런은 늘 등장하는데요. 살아가다 보면 상대방에게 마음이 다치는 날이 있을 거예요. 아팠던 만큼 성장한 사람과 그렇지 못한 사람으로 나뉘게 됩니다. 나의 마음도 쉽게 바뀌지 않는데, 상대방이 바뀔 거란 기대를 애초에 하지 않는 것이 바람직합니다. 나 자신을 지키는 것이 중요하다고 봅니다. 사회생활을 하다 보면 다양한 사람을 만나게 되는데요. 기분이 태도가 되면 안 되지만, 때론 큰 소리를 낼 필요가 있다고 봐요. 직장에서 버티기 힘든 일이 계속 쌓이다 보면, 좋지 않은 방향으로 흘러갈 수 있다고 봅니다. 뮤지컬 관람으로 저의 삶이 달라진 부분도 있으며, 용기 있는 행동을 가끔 하게 되는 것 같아요.

첫 책을 출간하고 기쁨은 잠시였던 것 같아요. 한 예능 프로그램에 출연한 연예인이 있었는데, 아침에 눈을 뜨면 가장 먼저 하는 일은 본인의 이름을 핸드폰으로 검색하는 것이었죠. 왜 그런 행동을 하는지 이제 알겠더라고요. 누군가의 기억 속에 지워진다는 건 어떤 기분인지 알 것 같아요. 아침에 눈이 떠지면 가장 먼저 하는 일은 책 판매량을 보는 것이었죠. 어쩜 이렇게 아무런 반응이 없을 수 있을까요? 유명하지 않으면 먼저 나를 찾아오는 사람이 거의 없을 텐데요. 무명 배우는 주로 영화나 드라마에 단역배우로 캐스팅되는데, 소속사가 없으면 직접 프로필을 제작사에 보내야 해요. 그 배우에게 가장 힘든 건 기다림이겠죠. 누군가에게 희망이 되는 글을 쓰게 되면, 간절한 마음과 행복을 느끼는 날도 있었어요. 저는 오늘도 세상에 글을 퍼트리고 있습니다.

보통 뮤지컬은 한 배역에 더블 캐스팅 또는 트리플 캐스팅이 되는데, 전 좌석이 매진되는 배우와 그렇지 않은 배우로 나뉘게 됩니다. 맡은 역할이 클수록 감내해야 할 것이 많아지죠. 팀을 이끄는 리더로서 노력했지만, 결과가 나쁘다면 다른 배우들에게 미안한 감정도 들 것 같아요. 결과가 좋지 않더라도 팀원들과 실패와 어려움을 함께 이겨 내며, 함께 성장하는 게 배우의 길이 아닐까 싶었어요. 개인적으로 절실하게 살아가는 이들에게 배우는 부분이 많았습니다. 배울 수 있는 사람과 일하는 게 중요한 것 같아요. 글을 쓰고 뮤지컬을 관람하며 내성적인 성격에서 벗어나고 있어요. 처음 보는 사람들 앞에서 언제든 노래를 부를 준비가 되어 있어요. 〈난 괴물〉, 〈지금 이 순간〉, 〈살아 있으니까〉의 가사도 외웠거든요. 만약, 뮤지컬 배우에게 레슨을 받으면 특별한 경험으로 남을 것 같아요. 기회가 된다면 꼭 이루고 싶은 일이기도 합니다.

예술가의 마음가짐으로 세상을 살아가고 있습니다. 실패한 작품이라도 그 과정을 통해 더 나은 작품을 만들어 나가는 계기가 될 수 있죠. 어떤 평가나 비판도 자신을 성장하는 기회로 삼을 수 있다고 보는데요. 예술적 열망과 자부심이 있다면 어떤 상황에서도 불가능을 가능으로 그려 냅니다. 한 사람의 마음을 사로잡는 연기야말로 참된 연기라고 말한 배우가 있었는데요. 배우는 관객을 위한 마음으로 무대에 오릅니다. 세상에 옳은 말을 하여도, 사람의 마음을 움직이기란 쉽지 않죠. 그럼에도 작은 외침은 계속될 것입니다. 그동안 내 인생이 보잘것없다 해도, 풀잎처럼 다시 일어나 '새 인생'을 외쳐 봅니다.

인생, 연기처럼

ⓒ 이시헌, 2024

초판 1쇄 발행 2024년 5월 17일

지은이   이시헌
펴낸이   이기봉
편집   좋은땅 편집팀
펴낸곳   도서출판 좋은땅
주소   서울특별시 마포구 양화로12길 26 지월드빌딩 (서교동 395-7)
전화   02)374-8616~7
팩스   02)374-8614
이메일   gworldbook@naver.com
홈페이지   www.g-world.co.kr

ISBN   979-11-388-3127-7 (03810)

┃ KOMCA 승인필